MW01601753

YEGBEGBE, OISEAU TOTEM

Méditation sur la sagesse, la connaissance et l'action

Elolo Awouya

Mentions Légales

Titre du livre : YEGBEGBE,
OISEAU TOTEM

Auteur : Elolo AWOUYA

Code ISBN :
Marque éditoriale : Edition indépendante

Le code de la propriété intellectuelle interdit les copies ou reproductions destinées à une utilisation collective. Toute représentation ou reproduction intégrale ou partielle faite par quelque procédé que ce soit, sans le consentement de l'auteur ou de ses ayants droit ou ayants cause, est illicite et constitue une contrefaçon, aux termes des articles L.335-2 et suivants du code de la propriété intellectuelle.

Le téléchargement, la numérisation et la distribution de ce livre, sous quelque forme ou moyen, y compris l'électronique, mécanique, photocopie, enregistrement ou autre sans l'autorisation du détenteur du droit d'auteur sont illégaux et punis par la loi. Veuillez acheter uniquement des éditions autorisées de cette œuvre et ne participez ou n'encouragez pas le piratage. Votre soutien au travail de l'auteur est apprécié.

© décembre 2025, PHILADELPHIE, USA

REMERCIEMENTS

Je remercie ma famille pour son soutien indéfectible tout au long de l'écriture de ce roman. Les échanges parfois divergents autour de la table à manger ont nourri ma réflexion et affiné ma plume.

Ma gratitude va également à mes amis Ameyo, Alain et Vincent, pour leur lecture attentive du manuscrit.

Un remerciement tout particulier à Vincent pour la préface élogieuse. Ton érudition, alliée à une humilité rare, force l'admiration et le respect.

Ce livre est une œuvre de fiction.

Les noms, personnages, lieux et situations sont issus de l'imagination de l'auteur ou utilisés de manière fictive.

Toute ressemblance avec des personnes réelles, vivantes ou décédées, des évènements ou des lieux existants ne saurait être que fortuite et involontaire.

TABLE DES MATIÈRES

AVANT-PROPOS

Je suis médecin.

Témoin de la vie à son aurore comme à son déclin, des naissances où tout commence et des fins où tout s'achève.

J'ai exercé en Afrique, j'exerce aujourd'hui en Amérique.

Et partout, j'ai vu la même chose : l'homme, fragile et grand à la fois, toujours en quête de sens, toujours prisonnier de ses croyances.

Ce livre n'est ni un traité ni une confession.

C'est une méditation — celle d'un homme qui a vu, écouté, douté, et qui cherche encore à comprendre.

J'interroge ici la foi, la raison, et ce pouvoir mystérieux de la pensée qui distingue l'homme de tout autre être vivant.

La foi, lorsqu'elle mène à l'addiction religieuse, asservit.

Elle étouffe le discernement, paralyse la liberté intérieure, et dégrade la force créatrice, source de tout accomplissement.

Mais le doute, loin d'être un danger, est le commencement de la sagesse. C'est du doute que naît la connaissance, et de la connaissance que l'homme retrouve sa dignité première.
Si ces pages peuvent, ne fût-ce qu'un instant, éveiller un esprit à la lumière tranquille de la lucidité, alors mon propos n'aura pas été vain.

YEGBEGBE, OISEAU TOTEM

PREFACE

Avec ce second livre, Elolo Awouya confirme son talent d'écrivain et la cohérence de sa réflexion. Après un premier ouvrage autobiographique, il nous propose ici un roman philosophique nourri des sagesses de son terroir éwé et des interrogations qui traversent son parcours personnel. À travers la vie de son personnage principal, l'auteur aborde avec conviction les questions de liberté, de développement et de responsabilité individuelle dans une société comme celle du Togo.

Fier de ses racines, Elolo puise dans les mythes, les légendes et les valeurs éwé — sagesse, humilité, respect des anciens — une source d'inspiration qu'il confronte aux défis contemporains. Il n'hésite pas à revisiter certaines pratiques sociales, comme le veuvage, et met en lumière la force des femmes à travers le personnage d'Ena, dont l'action sociale rayonne sur son entourage.

Au centre du livre, une idée maîtresse : la foi émancipatrice. Pour l'auteur, seule la connaissance permet de combattre l'ignorance et d'ouvrir la voie à une « espérance active », libératrice, par opposition à une espérance passive et aliénante entretenue par certaines pratiques religieuses. Sa critique, inspirée entre autres par Spinoza, ne vise pas la foi intime, mais les dérives qui enferment les plus vulnérables dans la soumission et l'illusion.

Dr. Awouya défend également une vision claire du développement : celui-ci doit être endogène, fondé sur les expertises locales, les initiatives privées et la participation de la diaspora. Son expérience de médecin formé au Togo et installé depuis plus de vingt ans aux États-Unis nourrit cette conviction, aujourd'hui confirmée par des données économiques telles que les transferts monétaires de la diaspora, souvent supérieurs à l'aide extérieure.

À rebours de l'afro-pessimisme, Dr. Awouya demeure un afro-optimiste résolu. Il fait de l'éducation et de la connaissance les piliers de l'émancipation individuelle et collective, et les moteurs d'un véritable progrès socio-économique.

Tolstoï disait qu'« on ne peut pas séparer l'œuvre de son auteur ». Cette affirmation s'applique pleinement ici : la vie, les convictions et l'engagement de l'auteur irriguent chaque page de ce livre qu'il livre aux lecteurs avec sincérité et ouverture. Ce texte appartient, à n'en pas douter, à la famille des « ce que je crois », au sens le plus noble et le plus laïc de l'expression.

Professeur Palokinam Pitché, Dermatologue,
chercheur et penseur.

Chapitre 1

ORGUEIL DE YEGBEGBE

C'était un jour ensoleillé de la saison des pluies en 1994. J'étais venu me faire coiffer par mon oncle Komlanvi. Son petit salon, situé à l'entrée de la maison, ne servait presque plus qu'à soigner les cheveux de quelques privilégiés dont je faisais partie. La porte donnait directement sur l'arbre ombragé de la cour principale. Les murs épais en banco, parfaitement crépis, étaient enduits de goudron puis blanchis à la chaux ; le toit en pailles de chiendent, agencé en un cône et couronné d'une jarre renversée, conférait au lieu une fraîcheur presque cérémonielle. L'oncle Komlanvi était un homme d'une grande sagesse. Chaque visite pour mes cheveux s'accompagnait toujours d'un supplément : une parole, une image, une leçon de vie. Pourtant, ce jour-là, j'allais assister, presque sans le vouloir, à l'un de ces instants rares qui deviennent des jalons dans l'existence. Je croisai Agbodzi, mon cousin, venu lui aussi saluer notre oncle commun. Komlanvi — dont la sagesse se distillait comme une liqueur patiente, goutte après goutte — possédait cette présence qui impose le respect et invite au silence. À l'époque, je n'avais perçu que la scène en surface : le calme suspendu, la posture grave, l'épaisseur d'un geste. L'essentiel m'avait échappé. Vingt ans plus tard, en 2014, Agbodzi m'en révéla la portée. Il me parla de ce que cette rencontre avait semé en lui, et je compris alors la profondeur des mots auxquels je n'avais accordé qu'une attention distraite.

Ainsi parla l'oncle Komlanvi à Agbodzi :

« Je vais te raconter une histoire qui, à première vue, ressemble à une fable. Mais toute fable porte en elle un éclat de vérité, dissimulé sous les ailes du symbole. La nature, dans son silence, nous enseigne par la plénitude du vivant et même de l'inerte. L'homme, malgré sa raison, partage bien des instincts avec les autres créatures : celui de transmettre la vie, de la protéger, parfois même de la sacrifier. Or, il existe des exceptions qui dérangent notre certitude. L'une d'elles m'a toujours intrigué. Elle a pour nom Yegbegbe, un oiseau dont la maternité même défie la sagesse du monde.

— Yegbegbe est un oiseau rare de nos jours, presque disparu...je dirais en voie d'extinction par orgueil.

Oui, par orgueil, il perd souvent ses œufs », dit l'oncle Komlanvi en caressant sa barbe grisonnante.

« Tous les oiseaux construisent un nid pour couver leurs œufs. Tous... sauf Yegbegbe. Il se croit au-dessus des règles. Il est trop important, pense-t-il, pour se salir les plumes à bâtir un nid comme les autres.

Alors, il garde son œuf entre ses griffes. Il le serre, le chérit, le contemple. Il le montre fièrement comme un joyau. Mais la nature, elle, ne fait pas de cadeaux. Un faux pas, un courant d'air, un déséquilibre, et l'œuf lui échappe. Il tombe. Il se brise. Et Yegbegbe, abasourdi, ne peut que contempler le désastre. Trop tard. Il déploie ses ailes, plane dans un ciel vide de sens, probablement fou de chagrin et de rage. Mais il est trop tard. L'orgueil a coûté la vie à ce qu'il avait de plus précieux ».

Il marqua une pause.

« L'analogie est simple », reprit-il. Celui qui se croit au-dessus des règles de prudence finit par être rattrapé par les conséquences de son arrogance.

Ce jour-là, j'étais encore assis dans le petit salon de coiffure de l'oncle, un peigne oublié entre les doigts, le regard perdu vers l'extérieur. Sous le vaste saman, arbre ancien dont les branches abritaient mille histoires, deux hommes conversaient à voix basse. La grande pluie tombée la veille avait lavé le village, laissant derrière elle une fraîcheur bienfaisante et un parfum de terre humide. Mais elle avait aussi creusé les sillons des ruelles, transformant le sol en un entrelacs de boue rouge et d'eau stagnante. Au-dessus, des nuages pressés couraient dans un ciel serein d'un bleu pâle, projetant sur le sol des ombres légères, comme des mains caressantes. C'était la saison des pluies, celle où la terre appelle les bras des cultivateurs. En ces jours-là, rester à la maison passait pour de la paresse. Moi, j'avais une excuse honorable : l'oncle venait de terminer ma coiffure, et ce jour coïncidait avec mon repos après une longue garde d'interne à l'hôpital. Je savourais donc cette trêve en écoutant la master class improvisée de philosophie ancestrale que dispensait, à sa manière, l'oncle Komlanvi.

Ses paroles étaient denses, toujours arrimées à une observation de la vie ou à une analogie saisissante.

Assis face à lui, Agbodzi, son autre neveu— mais plus encore son protégé de longue date —, semblait encore sonné par les souvenirs récents. Il était venu lui rendre visite… ou plutôt, confier sa détresse.

Nous étions le 31 mai 1994. L'événement auquel l'oncle faisait allusion eut lieu exactement une semaine plus tôt.

Du haut de son mètre quatre-vingt-cinq, la démarche vive, la barbe fournie et un début de calvitie frontale, Agbodzi portait fièrement une quarantaine bien assumée.

Agbodzi Nuworzan était né dans la région de Kloto, au Togo, plus précisément dans le village de Ko-Tokpli. Kloto, en langue éwé, signifie « la montagne aux tortues » — nom étrange et poétique, à l'image des lieux où la nature semble garder le secret des origines.

Agbodzi était l'aîné de la fratrie. Après lui, une grossesse donna naissance à un garçon qui mourut à la naissance. La suivante vit naître Amétépé, un nom éwé qui signifie celui qui remplace le défunt nouveau-né. Sa mère donna au total naissance à sept enfants, sept vies, comme sept chapitres d'une même histoire tissée de joie et de douleur.

Son père, Senyo, possédait une vaste plantation de caféiers et de cacaoyers, étendue sur les pentes verdoyantes de Kloto. Cette région, bénie des pluies et caressée par les brumes des montagnes, demeurait l'une des plus fertiles du pays. Les colons y avaient introduit, depuis plusieurs décennies, les cultures de rente — café et cacao — qui faisaient désormais la fierté et la dépendance de tout un peuple.

Mais en 1962, Senyo perdit son père, notable respecté à Assigomé.

Alors, comme mû par un appel venu du fond de la mémoire, il décida de tout quitter pour revenir au village ancestral, à cent-vingt kilomètres au sud-est.

Il y retourna comme on retourne à la source — par devoir, par fidélité, ou peut-être par ce besoin obscur de renouer avec la terre qui avait vu naître les siens.

Il vendit alors ses plantations et se lança dans une petite entreprise de distillation de sodabi, cette boisson locale à la fois redoutée et prisée, ainsi que dans l'élevage d'ovins.

Agbodzi n'avait alors que huit ans. C'est à cette époque que son père l'initia au Fa. Les signes révélés lors du rite lui interdisaient la consommation de gombo et les voyages sur l'eau. Curieusement, depuis que ces interdits furent observés, il ne tomba presque plus malade. Cela marqua en lui le premier étonnement face au mystère des correspondances entre le corps, la nature et les traditions anciennes.

Le Fa est souvent présenté comme un simple système divinatoire pratiqué dans la région du golfe du Bénin. Mais en réalité, il est bien plus qu'un instrument de prédiction : il constitue un univers de connaissance, à la fois spirituel, médical et symbolique. Ses adeptes y voient une science totale, une sagesse ancestrale qui unit le visible et l'invisible. Au-delà de sa fonction divinatoire, le Fa intègre des aspects de médecine traditionnelle, de culte et de philosophie morale. Son clergé, solidement hiérarchisé, obéit à des règles précises, dispose d'une nomenclature propre et d'une écriture codifiée, transmise au fil des générations. Le volet divinatoire du Fa repose sur seize signes primordiaux appelés Du ou Odu, dont les combinaisons binaires engendrent deux cent cinquante-six signes dérivés. Ce système, d'une rigueur presque mathématique, illustre la vision d'un monde où tout phénomène découle d'une relation entre forces opposées mais complémentaires — le principe même de la dualité universelle. Selon cette tradition, chaque être humain naît avec un génome spirituel, déterminé par son signe de Fa. Ce signe, porteur de symboles, de récits et d'interdits, oriente la destinée de l'individu. Les préceptes qui en découlent — tabous, recommandations ou prescriptions — visent à harmoniser l'existence avec les lois invisibles de l'univers. Ainsi, tout comme le génome biologique dont l'expression peut être modifiée par l'environnement, le génome spirituel, lui aussi, peut être influencé par la conduite morale, les choix et les circonstances de la vie. L'initiation au Fa suit un processus graduel : elle comprend un degré préliminaire, appelé mineur, et un degré supérieur ou majeur, avant d'atteindre deux derniers échelons réservés aux initiés les plus avancés. Agbodzi, pour sa part, n'en était qu'au degré mineur, mais déjà, il abordait cette science avec le sérieux d'un homme en quête de vérité, cherchant dans la tradition les clefs cachées de la connaissance et de la liberté intérieure.

Cependant, à son entrée au collège, il fut captivé par la rigueur presque monastique de l'organisation et par l'aura grandissante du catholicisme qui imprégnait la vie des élèves. Séduit par cette ferveur ordonnée, il s'y engagea corps et âme, et reçut bientôt le baptême. On lui donna le prénom Sébastien. Mais il trouva étrange — presque absurde — qu'il faille recevoir un nouveau nom pour être admis auprès du Dieu des prêtres. Par fidélité à son essence première, il continua donc de se faire appeler Agbodzi, au point que rares furent ceux qui connurent son prénom de baptême. Arrivé à l'université, mû par le besoin d'un rapport plus direct avec la foi, il se tourna vers le protestantisme.

Entre l'héritage ancestral et la foi importée, une tension veilla longtemps en lui — muette, patiente, obstinée — avant de s'ouvrir non sur une croyance nouvelle, mais sur une foi plus vaste : celle de la connaissance elle-même.

Ingénieur agronome formé à l'École supérieure d'agronomie de l'université du Bénin, il s'était spécialisé en production animale, tout en suivant parallèlement des cours d'économie. À l'issue de ses études, il avait effectué un stage en élevage en Allemagne, avant de renoncer à une carrière tracée pour lancer sa propre ferme à Gapolo.

C'est durant leurs années formatives à l'université qu'il rencontra son épouse, Ena. Celle-ci, après une maîtrise en biologie, enseigna dès 1980 la biologie au lycée scientifique de Tsévié. Leur première rencontre eut lieu à la cité A du campus, lors d'une étude biblique, car Agbodzi était alors un fervent croyant.

À la fin de l'année 1989, Ena démissionna de l'enseignement pour se joindre à son époux dans son aventure agricole. Ensemble, ils élevaient trois enfants : Akouvi, l'aînée, alors en classe de CM2 (cours moyen deuxième année) en mai 1994, et deux garçons, Koffi et Amenyo, inscrits au cours préparatoire.

Gapolo est un village niché entre les rivières Zio et Agbata, au cœur d'une région quasi équatoriale généreusement arrosée. La terre y est d'une rare fertilité. Les forêts naturelles regorgent d'arbres fruitiers, et le gibier s'y aventure en abondance. Tout y pousse avec exubérance, offrant un écrin idéal pour l'élevage des herbivores. Ici, les baobabs dressent leurs silhouettes imposantes comme des sentinelles immuables, tandis que des palmeraies sauvages s'étendent à perte de vue, ondulant sous la brise. Dans ce décor, l'homme peut encore vivre de la cueillette, comme aux premiers âges. Les habitations, clairsemées, se dissimulent en périphérie des champs et des forêts, témoignant de la discrétion humaine face à la luxuriance de la nature. C'est dans ce vaste territoire que s'étend le domaine d'Agbodzi, couvrant plus de deux cents hectares.

Gapolo se présente donc comme une singularité géographique, marquée par un microclimat particulier et par l'abondance de sa flore et de sa faune. La pluviométrie y demeure presque deux fois supérieure à celle des zones environnantes.

Agbodzi était devenu une figure incontournable de l'élevage ovin et caprin dans la région. Il avait même lancé une foire agricole mensuelle, un marché pionnier où affluaient paysans et acheteurs venus des quatre coins du pays, surtout les amateurs de produits bio. À l'approche de la grande fête musulmane de la Tabaski, il savait que ses béliers blancs se vendraient comme de petits pains. Il avait sélectionné les plus beaux, les plus gras, et ordonné à ses ouvriers de les laver soigneusement pour rehausser leur éclat.

Les moutons blancs, surtout ceux dont la toison restait immaculée comme une percale neuve au soleil, étaient les plus recherchés. Dans le regard des fidèles musulmans, ils n'étaient plus de simples bêtes, mais l'incarnation visible de la pureté, l'offrande idéale qui, élevée vers Dieu, devenait symbole suprême de la foi. À l'approche de l'Aïd al-Adha, ce temps où le sacrifice se charge de mystère et de ferveur, la demande s'intensifiait, et les prix s'envolaient. Ainsi, même la quête du sacré se voyait traversée par la loi implacable du marché, comme pour rappeler que le divin et le terrestre s'entrelacent toujours dans la destinée des hommes.

Les ouvriers, bien que perturbés par cette décision de dernière minute de laver les moutons, n'osèrent formuler la moindre objection. On était à la veille de la foire, l'effervescence régnait, et le moment n'était pas propice à une confrontation. Dans leur prudence coutumière, ils mandatèrent le plus ancien d'entre eux, Amétépé Dugan, pour porter leur inquiétude au patron.

Amétépé Dugan, qui avait le même prénom que le frère cadet d'Agbodzi, s'exécuta non sans une certaine appréhension. Il s'approcha lentement, le chapeau à la main, la voix mesurée, comme s'il redoutait de troubler l'atmosphère ou de briser un équilibre fragile :

— Chef... les béliers sont déjà bien nettoyés. Avec tout ce qu'on a fait, ils sont prêts pour demain. Peut-être que...

Mais il n'avait pas fini sa phrase qu'Agbodzi s'était déjà redressé, les sourcils froncés, les bras croisés sur la poitrine. Son regard transperçait l'air.

— Je vous ai dit de les laver encore, non ? Alors vous exécutez. Est-ce que cela est assez clair ? lança-t-il d'un ton glacial, presque théâtral.

— Je ne veux aucune tache sur mes béliers. Je veux qu'ils brillent. Ce n'est pas une suggestion, c'est un ordre.

Amétépé courba l'échine, balbutia une excuse et recula, comme chassé par une force invisible. Il retourna lentement auprès des autres sans oser lever les yeux.

Resté seul, il souffla bruyamment, comme pour expulser l'humiliation qu'il venait d'avaler. Puis, à voix basse, s'adressant à l'ombre de sa propre patience :

— Je n'ai jamais eu de diplôme d'élevage. Ce que je sais, je le tiens de mon vieux. Lui aussi l'avait appris de ses vieux à lui.

Mais il faut croire que ce n'est pas assez pour notre boss. Le monsieur veut des béliers plus propres que les carreaux de sa salle de bain.

Il fit une pause, un rictus au coin des lèvres, puis ajouta dans un soupir :

— Ce n'est plus de l'orgueil, c'est une maladie. Une maladie qui ne connaît qu'un seul remède : l'oncle Komlanvi de Lomé. Il paraît que c'est le seul que Sa Majesté écoute. Nous autres, ici, on sert juste à faire briller ses trophées.

Les ouvriers s'exécutèrent et astiquèrent les béliers. Malheureusement pour Agbodzi, ce jour-là, la météo décida de jouer les trouble-fêtes. Le ciel se couvrit, et une fraîcheur inhabituelle s'abattit sur la ferme. Craignant que les animaux ne tombent malades ou ne se salissent avant la foire, Agbodzi prit une décision qui allait sceller leur sort. Il rassembla les cent béliers dans le grand magasin, referma les portes et fit allumer un feu de bois au foyer central pour accélérer le séchage de leur laine.

Puis, satisfait, il alla se reposer.

À l'aube, les ouvriers arrivèrent. Les camions attendaient. Mais dès que les premiers entrèrent dans le magasin, ils ressortirent aussitôt, le visage blême, pris de nausées. L'air était irrespirable. Et l'horreur : presque tous les animaux étaient morts ou agonisants, victimes d'une intoxication silencieuse.

Alerté, Agbodzi accourut. Le spectacle l'écrasa. Il resta figé, incapable de parler. Une bouffée de colère monta. Ce ne pouvait être qu'un complot. Un sabotage. Forcément ! Des visages lui revinrent en tête. Il dressa mentalement une liste. Chaque nom y était trié selon le degré de jalousie ou de rancune présumée.

C'est à ce moment précis que l'émissaire du préfet fit son entrée dans la cour principale. Envoyé en éclaireur, il venait annoncer la visite imminente du préfet, accompagné d'une délégation de dignitaires venus de la capitale, ainsi que d'équipes de reporters venus couvrir la foire régionale. Il fut conduit directement vers le magasin — désormais théâtre d'un drame inattendu, presque une scène de crime.

Aussitôt, par son talkie-walkie, l'émissaire contacta le préfet pour lui décrire, d'une voix inquiète, ce dont il venait d'être témoin. Bien qu'Agbodzi ait toujours clamé sa neutralité politique, le succès croissant de sa ferme était fréquemment vanté par les autorités comme un exemple des résultats de la politique agricole du chef de l'État.

En urgence, le préfet dépêcha une équipe du service vétérinaire départemental. Les agents arrivèrent promptement. Des prélèvements furent effectués avec minutie, les moindres traces inspectées. Rien ne fut laissé au hasard. Les enregistrements des caméras de surveillance furent immédiatement visionnés et analysés.

Agbodzi, lui, était inconsolable. Il avait placé beaucoup d'espoir dans cette foire. Les échéances bancaires approchaient, et les recettes attendues de l'événement devaient lui permettre d'honorer ses engagements. Malheureusement, aucune assurance ne couvrait la ferme. Seule l'intervention rapide des autorités permit d'obtenir, à titre exceptionnel, un rééchelonnement de ses remboursements.

La semaine suivante, Agbodzi mit ses ouvriers en congé technique. Lui-même quitta la ferme pour Lomé, cherchant dans la ville un peu de répit. Naturellement, un détour chez l'oncle Komlanvi s'imposa — une halte attendue, redoutée, mais salutaire. Il savait qu'il y recevrait des paroles peut-être dures, mais toujours justes. Une véritable session de psychothérapie à l'ancienne, pourrait-on dire.

Chapitre 2

SAGESSE ET CONNAISSANCE À L'ANTIPODE DE LA CROYANCE.

L'oncle, en prévision de la visite, avait fait préparer du foufou d'igname accompagné d'une sauce blanche aux champignons frais, cueillis la veille au pied d'un vieux tronc de palmier abattu. J'avais moi aussi rejoint le repas. Le mets était si savoureux qu'il imposa une pause silencieuse à la discussion naissante. Fidèle à ses habitudes, l'oncle ne buvait pas d'alcool, et n'en servit pas non plus.

Agbodzi fut le premier à rompre le silence. Il remercia l'oncle pour son hospitalité, puis, d'une voix hésitante, comme s'il sondait le terrain, il se mit à raconter les derniers jours :

— Je suis en ville depuis six jours. Les trois premiers, je les ai passés chez le pasteur Sam, de l'Église du Feu Ardent. Nous avons terminé un triduum avant-hier nuit.

— Il est très oint, tu sais... C'est ce que tout le monde répète à l'église. L'Esprit Saint le visite fréquemment. Il perçoit des choses que nous autres ne voyons pas.

L'affluence dans son temple, dit-on, vient en grande partie de la justesse de ses prophéties.

Puis, dans un mouvement lent, Agbodzi porta ses deux mains à sa tête. Son regard s'éteignit, rivé au sol. Dans un souffle à peine audible, il murmura :

— Il m'a fait une révélation... une révélation qui m'a profondément bouleversé... Il dit que mon propre père serait à l'origine de mon malheur.

Le pasteur Sam, dans sa révélation, déclara qu'un complot spirituel aurait jailli du cœur même de mon père. Il dit que je lui faisais ombrage, et que de cette jalousie était née une obscurité prête à m'engloutir. Mais ce qui me ronge et m'abat, ce n'est pas seulement l'annonce de ce complot : c'est ma propre candeur. Tout ce temps, je suis demeuré dans l'innocence, marchant sans soupçon, confiant dans le lien du sang. Je n'ai vu venir aucun signe. L'ombre croissait pourtant dans le silence, et moi, aveugle, je croyais encore en la paix des miens.

Mon père ! J'ai toujours été un fils respectueux. Je fais tout ce que je peux pour mes parents. Il a toujours été mon héros, et j'ai toujours cru en son amour paternel. Je suis perdu, tonton. Per-du.

L'oncle leva doucement la tête, et répondit d'une voix grave :

— Tu connais sûrement le concept de yin et yang, du bien et du mal, du paradis et de l'enfer, de Dieu et de Satan. Ces dualismes nourrissent la philosophie de certaines Églises qui exagèrent l'idée d'un esprit du mal extérieur, tapi dehors, prêt à nous détruire. Et vous passez vos journées à ligoter, à brûler Satan, et pourtant il ne meurt jamais.

Il sourit légèrement, avant de poursuivre :

— Tu sais, j'ai été catéchiste dans ma jeunesse. J'ai laissé cela derrière moi. Pas par rejet de la foi, mais parce que je ne supportais plus les divisions que ces interprétations provoquaient. Trop souvent, des familles sont disloquées à cause de révélations venues de pasteurs, aussi faillibles que nous tous. Dis-moi, Agbodzi : et si le pasteur Sam se trompait ? Et s'il mentait ?

Il s'interrompit, planta son regard dans celui d'Agbodzi.

— Tu viens de me dire que ton cœur est en lambeaux, non pas à cause d'un démon, mais parce qu'un homme — vivant, faillible — t'a soufflé des paroles. Et voilà que l'amour entre toi et ton père chancelle. C'est cela que tu veux ?

Tu as fréquenté l'école, tu as appris à raisonner. N'as-tu donc jamais entendu ces prétendues révélations ou prophéties lancées par certains pasteurs, plus soucieux d'impressionner leurs fidèles que de leur dire la vérité ? Chaque jour, l'actualité nous rapporte des faits troublants : crimes, scandales et aberrations commis au nom de croyances dévoyées ou de cultes aveugles. J'ai moi-même été témoin d'une scène insoutenable : une jeune femme, convaincue que sa propre mère veuve était la cause spirituelle de son célibat, jeta ses affaires dehors et la chassa de la maison familiale. La véritable question est donc : quelle est la fiabilité de ces révélations ? Pour moi, elle est proche de zéro. Je comprends toutefois que lorsqu'on est frappé par un malheur, l'émotion prenne le pas sur la raison, et dans cet état de vulnérabilité, il devienne plus difficile d'exercer son jugement critique.

Il laissa le silence faire son œuvre avant de conclure :

— Revenons à l'incident. Agbodzi, tu as poussé le bouchon trop loin. Tu ne le vois pas ? La modération est la voie de la sagesse. Certes, le progrès exige parfois d'oser, de sortir des sentiers battus. Mais jamais sans le respect des règles fondamentales de sécurité. L'hubris, mon fils, mène tôt ou tard à la ruine.

Il adoucit son ton.

— Tu es un innovateur, Agbodzi. Un grand. Je ne connais pas, à ce jour, un éleveur plus audacieux et plus visionnaire que toi. En si peu de temps, ta ferme s'est imposée comme un modèle :

modernité, efficacité, idées neuves. Nous sommes fiers de toi, tous autant que nous sommes.

L'oncle marqua une pause, puis ajouta avec gravité :

— Et cela, bien sûr, peut susciter de l'envie. De la jalousie. Il n'y a rien de plus humain, hélas. Ces sentiments peuvent pousser certains à nuire, parfois même sans raison apparente.

Il se leva, lentement, comme s'il allait vers son vieux salon de coiffure. Il fit un tour sur lui-même, puis revint s'asseoir, cette fois juste à côté d'Agbodzi, à une distance complice, presque confidentielle.

— Dis-moi, les gens du préfet... ils t'ont déjà remis les résultats de leur enquête ?

Agbodzi racla la gorge, leva sa main droite jusqu'à son front qu'il frotta longuement, puis murmura :

— Après l'analyse des caméras, ils ont dressé un rapport préliminaire. Rien d'évident... pas d'intrusion, pas de sabotage.

Il marqua un temps, baissa les yeux, puis ajouta :

— Ce matin, avant de venir ici, je suis passé tôt au laboratoire vétérinaire national. On m'y a remis les résultats des prélèvements effectués par l'équipe venue de Lomé. Je... je ne les ai même pas encore ouverts.

Il sortit de sa poche une enveloppe blanche légèrement froissée, ainsi qu'un stylo. Dans un geste brusque, presque agacé, il fendit le bord de l'enveloppe, en tira la feuille pliée, l'ouvrit.

Son regard parcourut le document, lentement. Très lentement. Il semblait sculpter chaque ligne, chaque mot, comme si l'ensemble refusait de faire sens. Puis, soudain, un soupir, long, lourd, douloureux suivi d'un juron qu'il eut de la peine à étouffer.

— Intoxication au monoxyde de carbone ?

Il le répéta. Une fois. Deux fois. Trois. Comme s'il n'y croyait pas. Comme si le simple fait de le redire allait modifier le verdict.

Il se redressa sur sa chaise, s'avança jusqu'à s'asseoir au bord, les bras appuyés sur ses cuisses, le regard dans le vide. Puis un juron s'échappa de ses lèvres.

— Ce tueur silencieux...

Il se parlait à lui-même désormais, comme dans une confession intérieure.

— Les bois que j'ai utilisés... ils n'étaient pas tous secs. Certains brûlaient mal. Ils ont dû libérer trop de CO... Et comme on avait fermé toutes les fenêtres pour éviter les insectes, les serpents, les scolopendres... c'était devenu une souricière.

Le magasin disposait pourtant d'une vanne d'échappement grillagée, conçue pour garantir une ventilation suffisante même lorsque portes et fenêtres demeuraient closes. Mais, laissée sans inspection depuis longtemps, elle avait fini par se retrouver inutile : obstruée, ensevelie sous l'amoncellement d'objets disparates entassés à la hâte. Ainsi, le jour de l'incident, cette ouverture vitale n'était plus qu'un ornement muet, incapable de remplir son rôle.

Il secoua la tête, abattu mais lucide.

— En Allemagne, on parlait souvent de ces intoxications. Surtout en hiver. Une bonne ventilation suffit pourtant à éviter le pire. Le problème, c'est que sans oxygène, le CO ne devient pas CO_2... Et c'est le CO_2 qui est moins dangereux, pas le monoxyde.

Un long silence s'installa.

C'était comme si Agbodzi, en cet instant, s'était retrouvé seul sur un podium, exposé au jugement du monde et à celui de sa propre conscience. La vérité s'était imposée — brute, impitoyable, mais libératrice. Il n'y avait ni sabotage, ni complot. Il y avait eu imprudence. Et maintenant, il fallait assumer.

Il se faisait tard, et j'avais d'autres engagements à honorer ce jour-là. Un tourtereau s'envola soudain du grand baobab à l'entrée de la maison. D'un ton moqueur, je lançai :

— Voilà Yegbegbe !

L'oncle gloussa, amusé, puis rétorqua :

— Tu dois être le seul ici à ne pas reconnaître un tourtereau, fiston.

Un rire franc éclata autour de nous. Ce fut notre manière douce de conclure une journée lourde en révélations. Je montai sur ma moto et pris congé de l'oncle et de mon cousin, le cœur léger.

Agbodzi repartit dès le lendemain, psychologiquement restauré, physiquement résolu à affronter les jours à venir.

Sur la route du retour, les paroles de l'oncle Komlanvi résonnaient encore en lui : « La modération est la voie de la sagesse. L'hubris, mon fils, mène tôt ou tard à la ruine. » Elles se mêlaient au souvenir de ce rire partagé autour du tourtereau. Ce rire avait scellé la fin d'une épreuve et le début d'une lente guérison. Agbodzi comprenait désormais que l'ennemi le plus redoutable n'était ni dehors ni au ciel, mais en lui-même : cette soif de contrôle et de perfection qui, parfois, tue la vie qu'elle veut servir. Il ne lui restait plus qu'à rentrer et reconstruire.

À bord de sa Toyota Tacoma double cabine rouge, Agbodzi s'engagea sur la nationale numéro 1. Le véhicule, qu'il avait fait venir des États-Unis à peine un an plus tôt, ronronnait avec la régularité d'une montre, et sa carrosserie étincelait encore sous la lumière du matin. Le tronçon jusqu'à Tsévié, quoique encombré, ne présentait pas de difficultés majeures. La circulation avançait par à-coups, rythmée par les klaxons impatients et les conversations animées des passagers des taxis-brousse. Agbodzi garda les vitres fermées pour savourer la fraîcheur de la climatisation. Lorsqu'il les abaissa pour tendre quelques pièces à un mendiant au feu tricolore, une odeur âcre d'essence brûlée s'engouffra aussitôt, mêlée aux effluves des pots d'échappement et de la poussière urbaine. Au-delà de la ville, les choses se corsèrent. Après la traversée de Tsévié, la route menant à Gapolo n'était pas bitumée : une piste ocre serpentait entre champs et fourrés, soulevant derrière le véhicule un nuage de poussière rougeâtre dans les zones rurales qui n'avaient pas connu la pluie depuis un certain temps. Par moments, un vent chaud balayait le pare-brise, charriant des senteurs de terre sèche et de feuillage. Agbodzi ralentit l'allure. Au détour d'un virage, il aperçut au loin quelques silhouettes d'enfants qui, fascinés par la voiture étincelante, agitaient la main avec enthousiasme. Plus tôt, en traversant certains quartiers de Tsévié, la pluie de la veille avait transformé certains segments en véritables lagunes. Il fallait négocier les bordures de ces flaques avec une dextérité de vieux routier. Des riverains, pour protéger leurs habitations, avaient aligné des parpaings le long de leurs clôtures, réduisant davantage l'espace de manœuvre. Par endroits, les graviers ricochaient violemment contre les ailes de la voiture à la moindre accélération.

Le silence dans l'habitacle devenait oppressant. Pour s'éclaircir l'esprit, Agbodzi alluma la radio. Reprenant goût à la vie, il espérait rentrer à temps pour suivre le match préparatoire des Super Eagles du Nigeria qualifiés pour la Coupe du monde de football aux États-Unis. Au pire, il se contenterait des commentaires en direct.

Il s'enfonçait à travers champs et plantations de tecks lorsque, brusquement, un troupeau de bœufs surgit et amorça la traversée de la route. Il freina à temps, observa les deux jeunes bergers guider les bêtes avec méthode, et attendit patiemment que tout le troupeau soit passé.

Il arriva à la ferme en début d'après-midi. En franchissant le portail, son cœur accéléra soudain. Il marqua une pause, assis encore dans la voiture, fixant la cour comme si elle lui renvoyait le reflet de ses échecs récents. Mais il se ressaisit. Ce temps-là était révolu. Il inspira profondément, repensant à tout ce qu'il avait appris durant les deux derniers jours. Une transformation avait eu lieu. Il n'était plus le même homme.

Après un échange calme mais déterminé avec son épouse, ils convinrent de convoquer une réunion générale avec tout le personnel de la ferme. Il fallait redonner espoir, restaurer la confiance, insuffler un nouveau souffle. Une nouvelle page allait s'ouvrir, et il en tiendrait la plume.

Après la réunion générale, il se mit à l'œuvre avec une ardeur renouvelée. Il établit des mesures de sécurité rigoureuses et, cette fois, prit soin de souscrire à une assurance couvrant l'ensemble de ses activités.

Le week-end venu, Senyo et Ama, les parents d'Agbodzi, firent le déplacement jusqu'à la ferme. Ils tenaient à voir de leurs propres yeux les lieux du drame.

Le conducteur du taxi-brousse qui les emmenait s'était égaré à moins d'un kilomètre de la ferme. Il avait manqué la sortie, pourtant bien signalée par une grande plaque plantée au bord de la route comme un veilleur silencieux. Une vendeuse, assise derrière son étal de fruits, lui fit signe d'un geste tranquille et lui indiqua la bonne direction. L'homme marmonna quelques excuses inintelligibles, fit tourner le volant d'un geste las, puis redressa la vieille carrosserie qui vibra sur le gravier.

Arrivé au pied de la plaque, il s'arrêta quelques secondes, le regard levé vers l'inscription, comme s'il demandait la permission d'entrer dans un territoire nouveau. Puis il enclencha la première. La route s'ouvrait devant eux, lisse et claire — depuis l'ouverture de la foire, venir à Gapolo n'était plus une aventure, mais presque une promenade.

Leur peine, discrète mais palpable, se lisait dans leurs gestes retenus, dans la lenteur de leurs mouvements, dans ces silences où tremblait la tendresse. Les visages graves semblaient voiler un tumulte intérieur. Papa Senyo, lui que l'on connaissait pour sa jovialité et ses blagues intarissables, paraissait soudain étranger à lui-même ; il ne retrouvait son éclat que lorsqu'il s'adressait aux enfants. L'accueil, tout en pudeur, avait la douceur d'une étreinte contenue.

Agbodzi, en les voyant, suivit l'élan de son cœur et ne laissa place à aucun grief. Il leur ouvrit ses bras comme on ouvre une porte familière. Ses parents, de leur côté, lui exprimèrent leur compassion avec une sincérité désarmante, et lui demandèrent simplement :

— Dis-nous ce que nous pouvons faire pour t'aider.

Les enfants, eux, rayonnaient de bonheur à la vue de leurs grands-parents. Amenyo, tout fier, apporta son livre de lecture pour impressionner les visiteurs. Il lut quelques pages, en omettant certaines — mais l'effet fut au rendez-vous.

Akouvi, toute en assurance, récita un poème qu'elle avait elle-même écrit pour un concours d'écriture pour la jeunesse. Il avait été primé.

Quant à Koffi, il traîna son sac d'école jusqu'au pied de papi Senyo et, dans un geste solennel, en sortit un dessin de lion. Il guetta les compliments avec une joie fébrile. Ils ne tardèrent pas, à la hauteur de ses espérances.

Ce jour-là, la présence des grands-parents dissipa, comme un vent tiède chasse le brouillard, les ombres récentes. La maison retrouvait une forme d'équilibre, fragile mais réelle.

Tard dans la soirée, alors que la maison s'était assoupie dans une paix relative, Senyo invita son fils à le rejoindre sur la véranda. Le ciel était clair, piqué d'étoiles, et les grillons accompagnaient la nuit de leur chant régulier. Une ancienne lampe-tempête, conservée par nostalgie, reposait entre eux et projetait une lumière douce et vacillante.

Le vieux père observa longuement son fils avant de parler. Dans ses yeux, il y avait cette inquiétude qui ne dit pas son nom, cette tendresse mêlée à une crainte sourde.

— Fils, dit-il enfin d'une voix grave mais douce, il est des moments dans la vie où il faut plus que du courage pour avancer. Il faut de la sagesse.

Agbodzi, qui gardait le regard tourné vers les ténèbres du champ, ne répondit pas tout de suite. Son père poursuivit :

— J'ai vu ce que tu bâtis. Je suis fier de toi. Mais plus on monte, plus les regards se multiplient... et tous ne sont pas bienveillants.

Il se redressa un peu sur sa chaise :

— L'envie, mon fils, est comme une fièvre cachée. Elle ne se voit pas toujours, mais elle brûle. Parfois, ceux qui te gratifient du plus large sourire sont ceux qui, en secret, aimeraient te voir échouer.

Un silence pesant suivit. Le vent soulevait à peine le rideau de percale de la fenêtre voisine.

Puis Senyo reprit :

— As-tu des soupçons ? Des gens autour de toi qui te paraissent trop curieux ? Trop pressés de savoir ce qui se passe dans ta ferme, dans ta vie ?

Agbodzi esquissa un haussement d'épaules, hésitant.

— Ce drame, dit le père à voix plus basse, était-il un simple accident ? Ou penses-tu qu'il ait été provoqué ?

— Je ne sais pas, répondit enfin Agbodzi, le ton voilé. J'ai pensé à tant de choses… J'ai soupçonné des jaloux, j'ai même cru au sortilège. Mais je commence à croire que je suis le seul responsable. Une négligence, un oubli fatal.

Senyo hocha lentement la tête, sans juger.

— Ce n'est pas une honte de douter, dit-il. Mais ne baisse jamais ta garde. Sois discret. Surtout en public. Fais attention à ce que tu manges, à ce que tu bois. Les grandes réussites attirent aussi les grandes trahisons.

Il marqua une pause, puis, comme s'il ouvrait une page ancienne de leur histoire, il dit :

— Tu es allé voir ton oncle Komlanvi, m'a-t-on dit ?

— Oui. Il m'a parlé, comme lui seul sait le faire… Il m'a réveillé.

— Lui et moi ne nous sommes plus vus depuis les funérailles de ta tante Ablewa. Trois semaines déjà.

Il soupira.

— C'est un homme qui a vu bien des choses. Ne le perds pas de vue.

Un silence bienveillant s'installa entre eux. Le père regardait son fils avec une fierté mêlée d'appréhension. Il savait qu'il ne pouvait plus protéger cet homme devenu père à son tour. Mais il voulait, avant de repartir, déposer en lui une graine — un avertissement peut-être, ou un talisman invisible fait d'amour et de mémoire.

— Agbodzi, dit-il en se levant enfin, je suis heureux d'être venu. N'oublie pas : quand le vent se lève, c'est la profondeur des racines qui sauve l'arbre.

Ils se serrèrent la main longuement, sans autre mot. Et dans ce geste simple, il y avait toute l'épaisseur d'un lien ancien, silencieux, indestructible.

Senyo et Ama restèrent encore quelques jours. Ils assistèrent à la réunion générale, prirent le temps de parler au personnel, de consoler, de rassurer. À leur départ, un lien renouvelé s'était tissé entre Agbodzi et ses parents — plus solide, plus vrai qu'avant.

Mais dans l'ombre d'un renouveau filial, un autre doute prenait racine. Un doute plus profond, plus intérieur — celui qui ronge les certitudes anciennes.

Agbodzi commençait à remettre en question ce qu'il avait cru vrai toute sa vie. La foi, l'appartenance religieuse, les discours du pasteur Sam… tout cela lui paraissait soudain instable.

Il se mit à lire, à chercher, à fouiller. Il découvrit des textes anciens, des sources oubliées. Lui qui croyait que la Bible était la parole directe de Dieu, découvrit des influences, des contradictions, des filiations textuelles. Le doute grandit.

Le coup de grâce vint d'un passage de Spinoza :

« La superstition naît de l'ignorance et de la peur. Ce que nous ne comprenons pas, nous l'enrobons de mystère. Notre impuissance face aux événements nous rend crédules. Et certains, par intérêt ou par instinct de domination, exploitent cette crédulité. »

La raison, disait Spinoza, et la quête sans complaisance de la vérité, sont les seules issues.

Nous avons été culturellement conditionnés à placer la métaphysique avant la physique, comme si le monde de l'invisible primait sur celui du visible. Ce que nous ne pouvons pas appréhender par nos sens suscite en nous plus d'inquiétude que ce que nous pouvons observer et expliquer.

La peur de l'obscurité en est une illustration universelle. Ce n'est pas tant le noir en soi qui effraie, mais la possibilité qu'il recèle une menace inconnue. L'esprit projette alors des dangers là où l'œil ne distingue rien : un mouvement imperceptible, un bruit anodin deviennent des signaux d'alerte.

L'invisible, ainsi, nous hante. Par habitude culturelle, nous avons appris à craindre les fantômes et à attribuer au cadavre une puissance que le vivant n'aurait pas eue. Le simple mouvement involontaire d'un corps sans vie — phénomène parfois explicable par des contractions post-mortem — suffit à déclencher la panique. Nous croyons alors que la mort, au lieu d'être la fin de la vie, confère au défunt une énergie nouvelle et supérieure.

Mais notre rapport à l'invisible n'est pas seulement craintif ; il est aussi empreint d'espérance. Nous croyons à des forces bienveillantes capables d'intervenir pour notre salut, à condition d'en trouver la clé. Dans un cas comme dans l'autre — peur du mal ou espoir du bien — notre attitude révèle la même structure mentale : la recherche de sens dans l'inconnu.

En vérité, la différence entre ces deux attitudes n'est qu'apparente. L'une et l'autre procèdent d'un même besoin de combler le vide de la connaissance. Lorsque la raison échoue à expliquer, l'imagination prend le relais. C'est dans cette substitution que naît la métaphysique : non pas comme science du surnaturel, mais comme symptôme de notre incapacité à supporter l'incertitude.

Agbodzi repensa à la tragédie. Il avait cru à un envoûtement. Le pasteur Sam avait osé lui dire que l'esprit du mal pouvait être… son propre père !

Il frissonna. L'oncle Komlanvi l'avait heureusement tiré de cette torpeur.

La vérité, nue et brutale, était là : une mauvaise ventilation, une combustion lente dans un espace clos, et le monoxyde de carbone avait tué.

Ce soir-là, après le labour du champ qu'il préparait pour le soja, Agbodzi s'assit seul dans son bureau. Il se perdit dans ses souvenirs d'enfant.

Il revit les enfants atteints de paludisme qu'on disait ensorcelés. Les femmes accusées, bannies, battues. Alors que le vrai coupable, invisible, portait un nom : le moustique.

Il songea : tant de phénomènes jadis attribués à Dieu sont aujourd'hui élucidés, certains même maîtrisés et reproduits.

Le savoir n'annule pas le mystère de la vie. Mais il l'éclaire d'une lumière plus humaine.

Il se leva, fit quelques pas, puis revint s'asseoir. Il alluma son vieux lecteur CD et lança un disque. Le jazz emplit la pièce. Une trompette plaintive, une contrebasse lente.

Et dans ce bain sonore, il ne cherchait pas à fuir. Il cherchait à comprendre, à guérir. Peut-être, à renaître.

Il advint qu'Agbodzi, dans le silence d'une saison intérieure, se mit à sonder les replis de son âme. L'homme, autrefois inflexible, se découvrit vulnérable. Il identifia le nœud de ses égarements : l'orgueil, ce feu sourd qui consume les plus solides édifices. Il se jura alors, tel un forgeron devant l'enclume de sa propre vie, de se métamorphoser — non pas en un autre, mais en un soi-même purifié par l'épreuve. Chaque jour désormais, il s'imposait le miroir de l'introspection. Il scrutait ses gestes, écoutait ses mots, apprenait à reconnaître ses torts et à célébrer la lumière chez les autres.

Porté par cette mue intérieure, il donna vie aux résolutions nées de la grande assemblée tenue à la ferme. Une cellule de réflexion sur la sécurité fut créée, et un conseil consultatif régulier vit le jour. Les délégués du personnel y étaient conviés pour débattre des orientations futures de la ferme. Ainsi naquit un climat nouveau, où chaque ouvrier sentait enfin que sa voix comptait.

Pour sceller ce renouveau, Agbodzi institua une fête annuelle de la ferme. À cette occasion, les travailleurs méritants se voyaient honorés publiquement. Il nomma le doyen Amétépé premier responsable du personnel, lui conférant la confiance et l'écoute jadis réservées aux seuls cercles familiaux.

La première édition de cette célébration eut lieu le vendredi 29 décembre 1995. Les familles furent conviées comme témoins de la réconciliation entre un chef et son peuple. Sous la houlette d'Ena, son épouse, un comité d'organisation planifia chaque détail. Le Gazo-group de Gapolo fit résonner les tambours et les guitares du terroir. La fête fut opulente. Deux grands béliers, une multitude de volailles et de boucs furent sacrifiés. Les mets provenaient tous de la ferme. Et le foufou, tel un mont de célébration, surpassait en volume même celui des festins que les romans de Chinua Achébé avaient popularisés.

Lorsque le moment fut venu, Agbodzi monta sur le podium, entouré d'Ena et des enfants. Le silence s'abattit, dense et chargé d'attente. Il parla, d'une voix calme, posée comme dans un sermon.

— J'ai fauté. J'ai cru que savoir élever des bêtes suffisait à conduire des hommes. J'ai confondu autorité et domination. Aujourd'hui, je vous le dis : la grandeur d'un homme ne se mesure pas à son pouvoir, mais à sa capacité de reconnaître ses erreurs.

Il marqua une pause, puis poursuivit :

— Doyen Amétépé, devant tous ici rassemblés, je vous demande pardon. Je vous ai parfois humilié. Vous avez pourtant continué à me servir loyalement. Je vous appelle aujourd'hui non plus comme un subalterne, mais comme un frère d'expérience. Veuillez me rejoindre.

Amétépé s'avança, digne et ému. Agbodzi lui remit un colis et une enveloppe. Puis, deux grandes tables furent installées au centre de la salle, et chaque employé reçut un présent. Ce fut un moment d'égalité rare, presque sacré.

La fête s'acheva tard dans la nuit, dans une liesse où se mêlaient chants, danses et rires d'enfants. La ferme, un an après l'hécatombe des béliers, avait non seulement survécu, mais s'était redressée, agrandie, et pacifiée.

Un jour, alors qu'il recueillait l'avis d'un ouvrier sur un détail de construction, Agbodzi prit soudain conscience du chemin parcouru. Il sourit intérieurement. Oui, l'homme qu'il était devenu ne trônait plus, il marchait parmi les siens. Et cela, en soi, valait toutes les métamorphoses.

Mais dans l'ombre de cette renaissance, un autre détachement s'opérait. Agbodzi, sans éclat ni fracas, se distançait des grandes messes de l'église. Ses relations avec le pasteur Sam s'étaient refroidies. Il mit un terme à la dîme.

Il se mit à penser à haute voix :

— Il est aujourd'hui incontestable qu'un grand nombre de croyants ont fini par entrevoir les fissures des dogmes qu'ils avaient longtemps chéris. Ce qu'ils prenaient jadis pour des vérités révélées se révèle, à la lumière du doute, n'être qu'assemblages d'héritages humains, souvent contradictoires, parfois absurdes. Pourtant, peu osent faire le pas. Par crainte du qu'en-dira-t-on, par loyauté familiale ou par peur de reconnaître qu'ils ont cru trop longtemps sans interroger, ils préfèrent se taire.

Agbodzi, lui, dans ses mots et dans ses actes, n'en était plus là.

Il n'avait plus besoin de masquer ses pensées. Il parlait sans détour, presque avec sérénité, de la nature foncièrement humaine des religions. À ses yeux, elles avaient été nécessaires pour un temps, mais leur règne absolu touchait à sa fin. La rupture avec l'Église, il le savait, n'était plus qu'une formalité suspendue.

Un soir, alors que le vent du nord s'infiltrait par les volets entrouverts, il se tourna vers Ena, sa complice de tous les jours. Sa voix était grave, posée, comme s'il annonçait une décision mûrie de longue date :

— Ena, si ces récits sont tous de facture humaine, si les vérités qu'ils prétendent porter ne sont que des échos de cultures étrangères, pourquoi devrions-nous tourner le dos à nos propres récits ? Pourquoi abandonner la sagesse de nos anciens pour suivre des messies peints sous des traits qui ne me ressemblent en rien ?

Ces paroles n'étaient pas une provocation. C'était une confession. Une quête de sens, peut-être. Ou simplement un homme en train de rebâtir, pièce après pièce, son propre temple intérieur.

Il devenait clair qu'il avait trouvé une voie d'épanouissement en dehors des sanctuaires traditionnels. Sa foi nouvelle se nourrissait d'action, de justice et de lucidité.

Pendant ce temps, la ferme continuait son expansion, comme portée par cette même force tranquille. De nouvelles unités de transformation avaient été mises en place, dont une spécialisée dans les salaisons de viandes caprines. Les produits étaient roulés dans du sel, séchés au soleil, puis conditionnés dans des emballages simples, rustiques mais efficaces. Ils devinrent vite une alternative prisée aux bouillons industriels. Le bouche-à-oreille fit le reste : les commandes affluèrent, d'abord du pays, puis de toute l'Afrique de l'Ouest, et même des terres lointaines.

À la maison, Agbodzi avait toujours trouvé en Ena un havre de constance, une présence dont la loyauté n'avait rien de tonitruant mais tout de ferme. Elle l'avait soutenu dans la tempête qu'il avait lui-même provoquée — cette arrogance, ce poison insinué dans ses gestes et dans son regard, qui avait fini par lui coûter des amitiés, des opportunités, et presque sa dignité. Ena, sans brusquerie ni reproche, avait su l'accompagner dans sa lutte intime pour se défaire de ce vice. Elle s'était employée, avec une délicatesse presque sacerdotale, à célébrer chacun de ses progrès, même minimes, comme on salue un enfant qui apprend de nouveau à marcher après une chute. Elle louait chaque éclaircie, chaque inflexion du ton, chaque victoire sur la colère ou la démesure. Et Agbodzi, par gratitude mûrie, savait reconnaître ce dévouement silencieux — cette fidélité de l'ombre qui, souvent, sauve un homme de lui-même.

Il n'oubliait pas non plus les sacrifices concrets qu'Ena avait consentis : sa carrière mise entre parenthèses pour élever les enfants, son intelligence déployée dans les nuits d'insomnie, sa place à ses côtés lorsque son rêve agricole paraissait n'être qu'une folie douce. Elle avait donné sans compter, dans un monde où tout se monnaye et où peu de cœurs acceptent de payer de leur personne sans attendre de retour. Cette dette-là, Agbodzi la portait ouvertement, sans honte et sans en faire mystère. Au fil de sa métamorphose intérieure, lent processus de décantation où l'orgueil se mue en lucidité, il institua des rencontres familiales hebdomadaires. Tous y étaient conviés, enfants compris. Il ne s'agissait pas de sermonner, mais de partager : ses ambitions, ses doutes, ses réussites et même ses faiblesses. Ces réunions devinrent des ateliers de conscience, où chacun apprenait que le succès, pour être réel, ne pouvait être un trophée solitaire. « Le succès, disait-il, n'a de valeur que s'il élève quelqu'un d'autre. » Il répétait cette phrase avec la gravité d'un credo. Chacun, selon lui, devait identifier une cause qui dépassait l'horizon de son intérêt personnel et s'y consacrer avec détermination. Ce fut lors de l'une de ces soirées, tandis que la lumière tombait en oblique sur la table du salon, qu'Ena prit la parole d'une voix douce, mais ferme. Elle évoqua le cancer du col de l'utérus qui avait emporté une cousine alors qu'elle-même était encore étudiante. Elle confia, presque avec honte, qu'à l'époque elle ignorait tout des mécanismes de dépistage et de prévention. Cette injustice — celle qui frappe les femmes par ignorance, par tabou ou par négligence des systèmes de santé — lui brûlait encore la poitrine. Elle expliqua qu'elle rêvait depuis longtemps d'en faire une cause nationale : apprendre aux femmes à se protéger, apprendre aux familles à ne plus se taire. Un silence se fit dans la pièce, dense et pur. Agbodzi posa les yeux sur son épouse et, avec un enthousiasme pudique, salua son courage. « Voilà une cause qui élève », murmura-t-il. Dans ce regard échangé entre eux, les enfants virent se préciser quelque chose comme une transmission : le geste de deux adultes qui, par leurs propres métamorphoses, ouvraient devant eux un chemin plus vaste que la simple   réussite   individuelle.

Chapitre 3

ENGAGEMENTS DE LA FAMILLE

À la maison, les enfants suivaient leur propre chemin. Akouvi, reçue avec mention au baccalauréat, avait rejoint Lomé pour entamer des études de médecine. Koffi et Amenyo étaient tous deux au lycée, appliqués et confiants.

Ena, quant à elle, retrouvait un espace de liberté qu'elle n'avait plus connu depuis longtemps. De ce souffle nouveau, jaillit le besoin de s'investir dans une cause qui la touchait profondément : la lutte contre le cancer du col de l'utérus. Un échange sincère avec son gynécologue, empreint de respect et d'encouragement, acheva de confirmer son choix. Elle réunit alors autour d'elle un petit cercle de femmes issues de divers milieux, bientôt rejointes par quelques hommes convaincus que la santé des femmes est aussi l'affaire de tous. Ainsi naquit la FECCUT — Femmes Engagées Contre le Cancer du Col de l'Utérus.

Le cancer du col de l'utérus, discret et presque indolore à ses débuts, demeure pourtant l'un des rares cancers que la médecine moderne permet de dépister précocement grâce à un suivi régulier par frottis cervicovaginaux. Le frottis, également connu sous le nom de test de Papanicolaou ou PAP test, consiste en un prélèvement effectué à l'aide d'une petite brosse lors d'un examen gynécologique. Le matériel recueilli est ensuite déposé dans un flacon contenant un liquide de conservation, ce qui permet non seulement l'analyse microscopique, mais aussi la détection du HPV, le virus du papillome humain, principal responsable des lésions précurseuses du cancer. De nos jours, le test en milieu liquide est privilégié au frottis classique, car il offre une meilleure précision et une lecture plus fiable. Lorsque le résultat est négatif, l'examen est généralement répété tous les trois à cinq ans, selon les recommandations médicales en vigueur. Consciente de l'importance de ce dépistage simple mais salvateur, Ena décida d'en faire une mission de vie. Elle savait que, dans son pays, la plupart des femmes ignoraient jusqu'à l'existence du test, et que d'autres, par pudeur ou fatalisme, évitaient les consultations. C'est ainsi que naquit son engagement à vulgariser ces connaissances, à faire descendre la science au cœur des villages, là où le savoir médical ne parvenait pas encore. Sous son impulsion, la FECCUT transforma le discours technique en langage de proximité : les mots du corps devinrent des mots de vie. Ena voulait que chaque femme, qu'elle vive à Lomé ou dans le hameau le plus reculé, comprenne qu'un simple frottis pouvait sauver une existence entière.

Aujourd'hui, un vaccin sûr et efficace permet d'immuniser filles et garçons dès le jeune âge, offrant ainsi l'espoir d'un avenir où ce mal pourrait n'être plus qu'un souvenir.

Ce qui n'était au départ qu'un modeste collectif d'infirmières, de sage-femmes et de femmes engagées, devint en quelques années une force irrésistible. Sous l'impulsion d'Ena et d'une poignée de pionnières passionnées, la FECCUT prit racine dans toutes les régions du pays. Par un travail de terrain opiniâtre, une diplomatie patiente et un lobbying habile, l'organisation parvint à faire adopter une loi historique : le dépistage gratuit du cancer du col de l'utérus devenait un droit fondamental pour toutes les femmes. Les campagnes de frottis cervicovaginaux se succédèrent, méthodiques, portées par un enthousiasme contagieux. Chaque année, des équipes sillonnaient le pays, de Lomé à Dapaong, de village en village, installant leurs tentes de fortune dans les cours d'école ou les dispensaires. Et bientôt, la vaccination contre le HPV fut rendue obligatoire, non seulement pour les jeunes filles, mais aussi pour les garçons — une révolution dans les mentalités, un pas immense vers l'égalité en santé. Grâce à des collectes de fonds et au soutien de partenaires internationaux, la FECCUT finança la formation de centaines de sage-femmes et d'infirmières à la pratique du frottis cervicovaginal. Un accord avec le département d'anatomopathologie de l'Université de Lomé permit d'instaurer une prime annuelle pour la lecture rapide et fiable des lames. Mais ce fut surtout la campagne de sensibilisation qui transforma la société : la parole se libéra. Des voix s'élevèrent dans les églises, les marchés, les chefferies traditionnelles, jusque dans les villages les plus reculés, où des gongonnements rythmés appelaient les femmes à se présenter au dépistage. Les grands carrefours furent couverts de panneaux aux slogans percutants : « *Le cancer du col de l'utérus tue. Mais il peut être dépisté tôt et traité efficacement.* » Les résultats dépassèrent toutes les espérances. Après la deuxième campagne nationale, le taux de dépistage doubla, franchissant des records jamais atteints. En moins de trois ans, plus de 70 % des femmes âgées d'au moins vingt et un ans avaient participé à une séance de dépistage. Jamais auparavant un programme de santé publique n'avait suscité une telle ferveur, une telle fierté collective. Pour la première fois, les femmes du pays ne se sentaient plus invisibles : elles étaient au cœur du changement.

La reconnaissance ne tarda pas : Ena fut décorée par le président de la République lors d'une cérémonie solennelle, symbole de son engagement et de son efficacité.

Le vendredi 2 avril 2004, en début d'après-midi, le silence feutré du bureau d'Ena à la FECCUT n'était troublé que par le froissement des papiers et le cliquetis régulier de son clavier. À travers la fenêtre, la lumière chaude filtrait, adoucissant la fatigue accumulée par des heures de travail sur le rapport de la campagne de frottis cervicaux menée dans la région des Savanes.

Soudain, la sonnerie stridente du téléphone brisa la quiétude. L'écran restait muet : aucun nom, aucun numéro. Elle hésita, comme on se demande s'il faut ou non franchir une porte inconnue, puis décrocha.

— Ici la FECCUT, je suis Ena Nuworzan. Comment puis-je vous aider ?

Une voix grave, assurée, répondit :

— Madame, veuillez patienter, le président de la République souhaite vous parler.

Le temps sembla suspendu. Ena sentit ses doigts se crisper sur le combiné. La voix qui retentit ensuite, plus douce que dans les allocutions officielles, mais empreinte d'une autorité naturelle, résonna dans la pièce :

— Madame Ena Nuworzan, j'aurais voulu vous rencontrer en personne pour vous féliciter du travail colossal que vous accomplissez pour notre pays, mais mon emploi du temps ne l'a pas permis.

Il marqua une brève pause, comme pour laisser le poids de ses mots s'installer.

— Nous avons décidé de vous honorer, au nom de la République, en vous décernant l'insigne de l'Ordre du Mono, en reconnaissance de l'impact réel que votre organisation a eu sur la santé de nos concitoyens. Soyez-en fière. Je vous invite, avec votre famille, à la cérémonie officielle lors de la fête de l'indépendance. La grande chancellerie vous contactera pour les détails.

Deux minutes de paroles, mais qui résonnèrent comme un écho prolongé dans le cœur d'Ena. Surprise, émue, elle parvint à articuler :

— Merci, monsieur le Président.

Puis, avec un regain d'assurance :

— Nous sommes honorés par cette distinction et ferons tout pour être présents.

Elle raccrocha, encore sous le choc, et composa aussitôt le numéro d'Agbodzi.

— Devine qui vient de m'appeler...

— Ena, arrête tes plaisanteries. Ce soir, on reçoit les stagiaires, pas le président, répondit-il en riant.

Mais devant l'ardeur et la précision de son épouse, il se souvint soudain d'une conversation avec un ami proche de la grande chancellerie : une enquête de moralité sur la FECCUT avait été menée quelques mois plus tôt. Les pièces du puzzle s'emboîtaient.

— Tu mérites amplement cette reconnaissance, dit-il doucement, même si ce n'était pas ton objectif.

Il fit cueillir dans le jardin les plus belles roses, qu'un aide arrangea en bouquet. Lorsque Ena franchit le seuil de la maison, il s'avança, légèrement incliné, et lui tendit les fleurs :

— Madame, chevalière de l'Ordre du Mono, soyez la bienvenue dans notre modeste demeure.

Ena éclata de rire, le cœur gonflé de fierté.

Le 26 avril au soir, le ciel se couvrit de lourds nuages. Un vent impétueux plia les arbres, la pluie se déversa comme si le ciel s'ouvrait d'un coup. La foudre lacéra l'horizon, et, en un instant, un torrent boueux se précipita vers la retenue d'eau à la lisière de la ferme. Puis, tout s'apaisa, comme si la tempête n'avait été qu'un caprice passager.

Dans la voiture, Ena et Agbodzi, accompagnés d'Amenyo et de Koffi, se laissèrent conduire par le chauffeur de la ferme. Le tronçon non bitumé exigea de la prudence, mais une fois sur la nationale, le trajet se déroula dans une paix presque solennelle. Ils atteignirent Lomé avant vingt heures, juste à temps pour suivre le journal télévisé avec Akouvi, déjà arrivée.

Bèdua, la cité nouvelle

Conformément à la règle de rotation qui voulait que la fête de l'indépendance soit célébrée, chaque année, dans un grand centre urbain différent, le pays tout entier avait cette fois les yeux tournés vers Bèdua, la cité nouvelle. Cette décision visait à promouvoir un développement plus harmonieux de l'ensemble du territoire et à freiner l'expansion tentaculaire de Lomé. Édifiée depuis à peine une décennie, Bèdua surgissait du littoral comme un rêve d'architecte — une promesse de modernité dressée face à la mer. Située à une dizaine de kilomètres de la capitale, elle n'était pas une simple extension urbaine : elle était appelée à devenir la nouvelle capitale, symbole du renouveau d'un peuple décidé à inscrire son destin dans la lumière.

Pensée comme une alliance subtile entre culture autochtone et modernité mondiale, la ville respirait l'harmonie. Ses avenues, larges et lisses, s'enlaçaient comme des rubans d'asphalte dans un entrelacs majestueux. Tout autour, une ceinture routière gigantesque — l'Atlantique — évoquait le Beltway de Washington, D.C. : huit voies immaculées cernant la cité comme un bracelet de lumière. La nuit, l'Atlantique devenait la voie la plus éclatante du pays. Ses lampadaires solaires diffusaient une clarté dorée qui se reflétait sur les trottoirs de pierre pâle. Entre les maisons et les allées, des bandes de gazon d'un vert soutenu demeuraient fraîches toute l'année grâce à un système invisible d'irrigation. Et lorsque venait la saison des fleurs, les flamboyants et les hibiscus s'ouvraient en corolles rouges et violettes, métamorphosant la ville en un vaste jardin de fête.

Au cœur de cette symphonie urbaine s'élevait la Place des Pères Fondateurs de la Nation, dressée à la sortie 27 de l'autoroute — un chiffre hautement symbolique rappelant la date de l'indépendance, le 27 avril. Ce lieu, à la fois monument et sanctuaire, semblait murmurer l'histoire d'un peuple qui, de la poussière et du vent, avait su façonner la promesse d'une aube nouvelle.

Le 27 avril, jour de fête nationale, la ville vibrait au rythme des tambours, des fanfares et des drapeaux flottant au vent. Dans la loge des hôtes de marque, Ena apparut vêtue d'un tailleur bleu, rehaussé de l'insigne rose de la campagne contre le cancer du col utérin. Les discours officiels, les défilés militaires et civils, tout semblait avoir un éclat particulier pour elle ce jour-là.

Puis vint le point d'orgue de la fête. Sous le grand chapiteau décoré aux couleurs nationales, les récipiendaires des titres honorifiques prirent place, alignés avec gravité. Devant eux, l'assistance retenait son souffle, comme suspendu à l'instant.

Le président de la République s'avança d'un pas mesuré. Pour chacun, il prononça un éloge concis mais vibrant, évoquant les réalisations et le parcours, puis concluant d'une voix claire :

« En vertu des pouvoirs qui nous sont conférés... »

Les médailles luisaient au soleil, les tissus traditionnels étincelaient de motifs et de couleurs, et chaque nom résonnait sous les acclamations.

Enfin, il s'arrêta devant Ena. Un bref silence s'installa, presque solennel. Le président la fixa avec bienveillance et déclara :

« Nous vous élevons à la dignité de Commandeur de l'Ordre du Mono »

À ces mots, un tonnerre d'applaudissements éclata. Des youyous s'élevèrent, mêlés au claquement sec des mains. Certains se levèrent pour mieux voir, d'autres prirent des photos, cherchant à immortaliser ce moment où l'honneur individuel devenait aussi une fierté partagée.

Ena, elle, sentit une vague chaude lui envahir la poitrine. Dans le tumulte des acclamations, les images de son parcours défilaient : les nuits blanches, les combats menés, les visages de ceux qui l'avaient soutenue ou inspirée. Elle accueillit la médaille non comme une fin, mais comme un symbole vivant de tout ce qu'il restait encore à accomplir.

Le soir, une réception fut donnée à leur domicile. Les membres du conseil d'administration, le personnel de la FECCUT, des amis et des proches emplissaient la maison d'un murmure joyeux.

Les invités arrivèrent les uns après les autres, resplendissants et joyeux. À vingt heures trente, tout le monde avait pris place. Un bar improvisé et installé non loin de l'entrée principale accueillait les convives dans une ambiance détendue. Dans le vaste jardin, les tables rondes, dressées sous le scintillement des guirlandes, formaient un ensemble élégant et convivial. Des tentes légères avaient été prévues en cas d'intempéries, mais le ciel, bienveillant, demeurait dégagé. Au centre de la cour, une table d'honneur, ornée de gigantesques bouquets de fleurs, longeait l'allée principale et faisait face aux autres tables.

Au-dessus, un firmament éclatant semblait veiller sur la cérémonie : des milliers d'étoiles illuminaient la nuit noire, et parmi elles, Sirius brillait d'un éclat presque insolent. La cour entière se parait du rose lumineux de la FECCUT, symbole de lutte, de solidarité et d'espérance. Au moment du lâcher de ballons, un souffle d'émotion parcourut l'assistance — c'était comme si chaque ballon emportait un vœu, une gratitude, un rêve. Le DJ, installé discrètement dans un coin, enchaînait les morceaux avec une dextérité envoûtante, mêlant rythmes traditionnels et airs modernes. Un restaurant réputé de la ville avait dépêché son chef et son équipe pour le service des mets variés, un savant mélange de cuisine locale et de gastronomie contemporaine. Les hôtesses d'accueil, élégamment vêtues, guidaient chaque invité avec grâce vers sa table.

La soirée prit peu à peu l'allure d'une célébration de la femme, de son courage et de sa dignité retrouvée. Lorsque Ena fit enfin son entrée, la foule se leva d'un seul mouvement. Elle portait une robe longue en soie ivoire, sobre mais majestueuse, brodée de fils d'or au niveau du col. Ses pas étaient lents, assurés, empreints de cette sérénité propre à ceux qui ont longtemps combattu pour les autres.

Le public, ému, l'applaudissait à tout rompre. Des visages brillaient de larmes contenues. En compagnie de son époux Agbodzi, Ena fit le tour de chaque table pour échanger quelques mots courtois, avant de prendre place à la table d'honneur où attendaient leurs enfants et la direction de la FECCUT. La musique s'adoucit. Le murmure des conversations s'éteignit peu à peu. Sous la tente illuminée, un léger vent faisait frissonner les voilages. Tous les regards convergèrent vers la table d'honneur où Ena et Agbodzi se tenaient côte à côte.

Agbodzi se leva lentement, ajusta le micro. Le tintement d'un verre fit taire les derniers rires. Sa voix, grave et posée, s'éleva dans la nuit :

— Ce soir, dit-il, nous ne célébrons pas seulement une médaille. Nous célébrons une vie d'engagement, de courage et de service. Ena, mon épouse, est la preuve vivante qu'aimer son pays, c'est le servir dans la constance et dans la dignité.

Derrière chaque programme, chaque sourire sauvé, chaque femme protégée, il y a ton nom, ton ardeur, ta foi inébranlable. Un silence ému s'installa. Les bougies tremblèrent sous la brise.

Ena, visiblement touchée, se leva à son tour. Elle posa une main légère sur le bras d'Agbodzi, inspira profondément, puis parla avec une voix vibrante, presque chuchotée :

— **Devant chaque femme qui progresse, il y a souvent un homme qui ne bloque pas le chemin**, mais le dégage, et parfois même s'y agenouille pour lui offrir un appui. Agbodzi, tu es cet homme. Cette reconnaissance est la tienne, celle de nos enfants, et celle de toutes les femmes de la FECCUT qui m'ont portée, inspirée, guidée. Ce soir, c'est notre victoire commune, celle de toutes celles qui, un jour, ont choisi la vie contre la peur.

Une vague d'applaudissements déferla, spontanée, sincère. Les invités se levèrent, certains les yeux brillants. Des flashs d'appareils photo crépitèrent, mêlés au cliquetis des verres qu'on levait en signe d'hommage. Dans un coin, le DJ lança un morceau doux, presque aérien. Sous la voûte étoilée, les lampes diffusaient une lumière d'ambre sur la médaille d'Ena. Agbodzi la regardait, silencieux, fier et apaisé.

Ena, elle, leva les yeux vers le ciel — et un instant, on aurait juré qu'une étoile venait de cligner pour elle. La fête reprit, mais le moment demeura suspendu dans les mémoires : une scène de grâce, où l'amour et le devoir s'étaient confondus dans la même lumière. Agbodzi se leva et prit la main d'Ena. Sous les applaudissements, ils s'embrassèrent tendrement avant de regagner leur place. Assise juste à côté de sa mère, Akouvi se pencha vers elle et lui glissa à l'oreille, dans un souffle ému :

— Maman, tu es tout simplement magnifique. Ena esquissa un sourire discret, celui d'une femme comblée dont la lutte trouve enfin écho dans le regard des siens.

C'est alors que la vice-présidente de la FECCUT, Mme Abidé Salif, s'avança. Dans ses mains, elle tenait une compilation de lettres écrites par des femmes guéries des stades précoces du cancer du col utérin — des témoignages bouleversants de gratitude et d'espoir. À mesure qu'elle en lisait quelques extraits, la voix légèrement tremblante, l'émotion gagna l'assemblée. Beaucoup durent saisir un torchon de table ou le pan de leur pagne pour essuyer furtivement une larme. Ce n'était plus une cérémonie, mais une communion silencieuse autour de la vie retrouvée.

Agbodzi, lui, sentait son cœur se gonfler d'une fierté apaisée. Il contemplait sa femme, son œuvre, et pensait à tout ce que l'organisation, la détermination et la passion de faire le bien sans rien attendre en retour pouvaient accomplir dans une société. Les bonnes volontés existaient, il le savait, mais elles restaient souvent dispersées, sans cap. Il se surprit à sourire en songeant à cette incapacité des hommes à initier spontanément le bien sans qu'un leadership ne vienne les rassembler. Il secoua doucement la tête.

Autour de lui, les dernières notes de musique s'éteignaient, les rires s'éloignaient, les lampes s'éteignaient une à une. La fête s'était terminée depuis plus d'une heure, mais dans son esprit, la lumière ne s'était pas éteinte.

Plus tard, dans le silence de la nuit, Ena sortit sur la terrasse. Le jardin, désert, gardait encore le parfum des fleurs et le souvenir des voix. Elle leva les yeux vers le ciel — le même qui, quelques heures plus tôt, avait brillé de mille étoiles. Sirius scintillait encore, fidèle à son éclat. Un léger sourire effleura ses lèvres. Elle pensa à ces femmes dont les lettres avaient bouleversé l'assistance, à celles qu'elle n'avait jamais rencontrées mais dont le courage avait porté son combat. Puis son regard se perdit vers l'horizon, là où l'aube commençait à poindre.

— Tant qu'il restera une seule femme à sauver, murmura-t-elle, le combat continuera. Le vent souleva doucement le pan de son pagne rose. La nuit s'achevait, mais pour Ena, ce n'était pas la fin d'une histoire, c'était un nouveau départ.

Un soir d'août, pendant les vacances scolaires, la famille était réunie autour du dîner lorsque Agbodzi revint d'une visite à l'hôpital. Il rentrait accablé : le fils de son neveu, le petit Komlan, venait d'être hospitalisé pour la énième fois. Il raconta, la voix basse, la souffrance qu'il avait lue dans les yeux de l'enfant.

Komlan souffrait d'une forme sévère de drépanocytose — cette maladie héréditaire que l'on appelle encore, dans les villages, "hématie". Ni son père ni sa mère n'avaient jamais su qu'ils portaient le gène défectueux.

Komlan était un garçon brillant à l'école, qui malgré les crises et les hospitalisations répétées, était toujours premier de sa classe. Il venait d'ailleurs de réussir avec éclat l'examen du Certificat d'Études du Premier Degré.

Ena, biologiste de formation, connaissait parfaitement les mécanismes cruels de la transmission génétique. Elle se souvenait d'avoir fait le test pendant ses trois grossesses : son profil AA l'avait rassurée.

Agbodzi, lui, n'avait jamais réalisé ce dépistage. En parlant de Komlan, il se sentit soudain traversé d'un frisson : une part de gratitude — leurs enfants n'avaient pas été frappés par la maladie — mais aussi une inquiétude, celle de transmettre à leur insu le gène muet.

Ena se leva doucement. Passant derrière Agbodzi, elle posa ses mains sur ses épaules et les massa avec une tendresse instinctive. Penchée vers lui, elle murmura :

— Komlan sera ma prochaine cause.

Agbodzi tourna la tête. Ses yeux s'étaient embués. Il contempla son épouse, admiratif. Sous ce souffle intime venait de naître, presque silencieusement, la deuxième bataille d'Ena au sein de la FECCUT.

Fin 2004 — La nouvelle bataille

En fin 2004, Ena s'engagea dans une nouvelle bataille — peut-être la plus poignante de toutes : la lutte contre la drépanocytose. Cette maladie, que les médecins nomment anémie falciforme, est une affection héréditaire transmise selon les lois de Mendel. Lorsqu'un homme et une femme, chacun porteur d'un gène défectueux, s'unissent, leur enfant peut hériter de la forme sévère de la maladie. Les victimes en portent les stigmates dès l'enfance. Leurs globules rouges, censés transporter l'oxygène, se déforment, se brisent, bloquent la circulation dans les petits vaisseaux. Le sang devient prisonnier de lui-même. Les crises, d'une douleur indicible, reviennent comme des orages. L'anémie chronique épuise le corps et l'âme.

Aucun remède définitif n'existe encore — seulement la prévention, l'éducation et la solidarité. Ena avait vu de près ces souffrances. Elle en portait la marque dans son cœur. Un matin, elle fit venir à l'Assemblée nationale un groupe de mères d'enfants malades, et l'un des enfants. Elles prirent la parole, d'abord timidement, puis avec une force bouleversante. L'une raconta les nuits sans sommeil, veillant un fils tordu de douleur. Une autre évoqua les cris d'une fillette réclamant l'air qu'elle ne pouvait plus respirer.

À la suite des femmes, Ena fit parler l'un des enfants.

La voix de Komlan

Je m'appelle Komlan Kpatcha. J'ai onze ans, et je viens tout juste d'obtenir mon Certificat d'Études Primaires. Mais depuis que je suis né, je vis avec une maladie qu'on appelle drépanocytose, une forme grave, la forme SS. Chaque jour, je dois prendre beaucoup de médicaments. Depuis mon enfance, je n'ai jamais passé une seule semaine sans douleur. Parfois, j'ai mal dans les os, d'autres fois, je manque d'air rien qu'en marchant quelques pas. Je connais presque tous les médecins et infirmiers de mon hôpital. Je les aime bien, et je crois qu'ils m'aiment aussi. Ils font ce qu'ils peuvent pour que j'aie moins mal. J'ai reçu plusieurs fois le sang de personnes généreuses que je ne connais pas. Sans elles, je ne serais peut-être pas là aujourd'hui. Quand je n'ai pas trop mal, je regarde mes camarades jouer dans la cour de l'école. Moi, je ne peux pas courir avec eux, mais je les regarde avec envie.

Un jour, je veux devenir docteur, pour soigner les enfants comme moi, et leur redonner le sourire. Je manque souvent l'école, mais mes maîtres et mes maîtresses viennent parfois m'aider à la maison. Ils me disent que je suis courageux, et moi, je veux leur donner raison. Je veux vivre. Je veux avoir la chance de grandir, d'aller au lycée, puis à l'université. À l'hôpital, je rencontre d'autres enfants qui ont la même maladie. Certains boitent, d'autres ne peuvent plus marcher. Nous avons tous mal, mais nous essayons de sourire quand même.

Ce qui me fait le plus de peine, c'est de voir mes parents inquiets. Je vois la fatigue dans leurs yeux, les longues nuits sans sommeil à mon chevet. Alors, quand maman me dit que je suis brave, j'y crois. Parce que je veux être fort — pour elle, pour papa, pour tous les enfants comme moi.

Quand Komlan eut terminé sa lecture, un silence profond s'abattit sur la salle. On n'entendait plus ni froissement de papiers, ni murmure. Les mots de l'enfant flottaient encore dans l'air, légers et lourds à la fois, comme un appel venu du fond de la vie. Ses petites mains tremblaient un peu, serrant la feuille sur laquelle il avait écrit son histoire d'une écriture ronde et appliquée. Une députée, au premier rang, porta discrètement un mouchoir à ses yeux. Un autre, jusque-là rigide et impassible, détourna le regard pour cacher son émotion. Les caméras braquées sur l'enfant capturèrent son regard franc, celui d'un être trop jeune pour parler ainsi de souffrance, mais déjà mûr d'une sagesse que la douleur seule enseigne.

Ena, debout derrière lui, avait les larmes aux yeux. Elle posa doucement la main sur son épaule. — Merci, Komlan, dit-elle d'une voix qui tremblait. Tu viens de nous rappeler que la vraie dignité humaine commence quand on écoute les plus fragiles. Le président de l'Assemblée, visiblement ému, prit la parole :

— Ce garçon vient de nous donner une leçon de courage et d'humanité. Son témoignage ne doit pas rester lettre morte. Il sera transmis à toutes les commissions de santé et de justice sociale. Un tonnerre d'applaudissements s'éleva, d'abord timide, puis grandissant, vibrant, jusqu'à remplir tout l'hémicycle. Komlan sourit, un sourire lumineux, celui d'un enfant qui, pour une fois, n'avait plus mal — ne serait-ce qu'un instant. Ena sut alors que quelque chose venait de changer. Dans le cœur des députés, mais aussi dans celui du pays tout entier. Ce jour-là, la drépanocytose avait enfin un visage. La plupart des députés furent gagnés par l'émotion. Certains continuaient d'essuyer leurs larmes.

Ena, à la tribune, conclut d'une voix ferme mais vibrante : « Nous ne pouvons pas dire que nous aimons notre peuple si nous restons indifférents à cette souffrance silencieuse. La science nous offre les moyens de prévenir — aurons-nous le courage de prévenir plutôt que de pleurer ? »

Le jour du vote, l'unanimité fut acquise en faveur du projet de loi. Le Parlement adopta la loi imposant le certificat d'électrophorèse dans toute procédure de mariage civil. L'électrophorèse de l'hémoglobine est le test diagnostic de la drépanocytose. Pour la première fois, des conseillers en génétique furent mis à la disposition des couples, afin d'accompagner leurs décisions en toute connaissance de cause. Ce jour-là, Ena sentit qu'une page venait de se tourner. Une page écrite à l'encre de la compassion et de la raison.

Lorsque les parents montrent la voie, les enfants, à leur tour, inventent leur propre trajectoire. Je revis mon cousin Agbodzi en 2014. Le temps avait filé, et chacun de leurs enfants suivait désormais sa route avec éclat. Akouvi, l'aînée, était devenue une grande dame, vive et studieuse. Elle vivait alors à Baltimore, aux États-Unis. Elle y achevait sa sous-spécialisation en gynéco-oncologie dans le prestigieux système hospitalier de Johns Hopkins. Rien n'avait été facile pour elle, mais la détermination avait fini par ouvrir toutes les portes. Boursière d'une organisation internationale de femmes basée à Washington, elle avait franchi l'épreuve redoutée de l'USMLE (United States Medical Licensing Examination), le sésame des médecins étrangers avant de s'engager à retourner servir son pays, une clause de sa bourse. Conseillère technique à l'ONG FECCUT, fondée par sa mère, elle rêvait d'un projet à la fois audacieux et profondément humain : créer, au Togo, un centre de cancérologie dédié aux femmes.

Je me souviens encore du jour où je l'ai accueillie à l'aéroport de Baltimore. Elle portait cette assurance tranquille des âmes conscientes de leur mission. Je l'aidai à s'installer à Inner Harbor, l'un des quartiers les plus paisibles de la ville. Déjà, durant sa spécialisation à Lomé, Akouvi avait demandé à effectuer un stage en chirurgie viscérale. Ce fut un an d'apprentissage intense, où elle apprit à manier le scalpel avec une précision rare. Cette maîtrise lui servit de tremplin à Johns Hopkins, où la concurrence entre médecins en spécialisation (fellows) se livrait sans concession.

Tout débuta à vrai dire, le 27 avril 2004, à la cérémonie de réception organisée à l'occasion de la décoration de sa mère Ena.

Akouvi était alors en troisième année de médecine. Elle n'avait pas encore choisi la spécialité vers laquelle orienter sa carrière. Certains jours, elle se voyait interniste, fascinée par la complexité des diagnostics. À d'autres moments, elle se surprenait à rêver de chirurgie, séduite par la précision du geste et l'adrénaline du bloc opératoire. Mais jusque-là, rien n'avait vraiment provoqué en elle cet élan intérieur qui transforme un simple métier en vocation.

Ce soir du 27 avril, tout changea. La décoration honorifique remise à sa mère, et surtout l'impact du travail de la FECCUT, avaient réveillé en elle quelque chose de plus profond qu'une admiration filiale : une révélation. Pendant toute la soirée, les visages des femmes dont les lettres avaient été lues ne la quittaient pas. Leurs mots vibraient encore dans sa mémoire, mêlés à la phrase de son professeur d'anatomopathologie : « *Le cancer est une maladie qu'on ne souhaite pas même à son pire ennemi.* »

Elle se demanda si ces femmes étaient complètement guéries, ou si leur rémission n'était qu'une étape fragile avant une possible rechute. Était-ce un pré-cancer, un seuil qu'elles avaient franchi juste à temps ? Avaient-elles conscience de la nécessité d'un suivi prolongé, parfois sur vingt ans, pour s'assurer que la maladie ne cherche pas à revenir, même après l'ablation de l'utérus ? Ces questions tournaient dans sa tête sans relâche.

Et soudain, une évidence s'imposa à elle : Il faut un spécialiste du cancer de la femme dans ce pays. Il n'existait aucun service d'oncologie gynécologique à l'hôpital de référence nationale.

Akouvi sentit alors en elle se lever une force tranquille, presque une mission. Maman a ouvert le chemin, pensa-t-elle. Il m'appartient désormais de le poursuivre. Ce soir-là, elle sut qu'elle était prête. Les jours suivants, elle se plongea corps et âme dans l'étude. Elle dévora des ouvrages de gynécologie-oncologie, annota des passages, traça des plans. Son stage d'externat en gynécologie, prévu pour la fin mai, deviendrait son champ d'exploration, son tremplin. Elle voulait tout apprendre, tout comprendre, observer, questionner, expérimenter — comme si la santé de toutes ces femmes dépendait déjà d'elle. Le destin venait de choisir son instrument. Et Akouvi, sans hésiter, accepta d'en être la voix.

La décision d'Akouvi s'affermit avec le temps. Ce qui, au départ, n'était qu'un élan du cœur devint une vocation réfléchie. Elle se lança avec une discipline inébranlable dans ses études, préparant avec ardeur le concours d'internat qu'elle réussit brillamment. Sa thèse de doctorat, soutenue en août 2008, fut saluée pour la rigueur de son approche et la clarté de sa pensée clinique. En dernière année, elle choisit d'effectuer un stage complet en chirurgie viscérale, d'une durée d'un an. Elle y affina sa dextérité chirurgicale, sa maîtrise du geste, et surtout cette sérénité intérieure qu'exige tout acte opératoire. Cette immersion lui permit de comprendre que la chirurgie, au-delà de la technique, était un art : celui de réparer sans briser, de soulager sans dominer.

Peu après, son engagement et ses résultats lui valurent une bourse d'une organisation internationale de femmes médecins, pour une sous spécialisation en gynéco-oncologie aux États-Unis. C'était la reconnaissance d'un parcours déjà exemplaire, mais aussi le prolongement naturel du combat d'Ena. Akouvi savait qu'elle quittait son pays non pour fuir, mais pour apprendre — apprendre pour mieux revenir.

Dans son carnet de notes, elle écrivit la veille du départ : Je veux comprendre jusqu'au bout les mystères du mal, afin d'en soulager la part qui nous revient. Et c'est ainsi qu'un matin d'automne, la fille d'Ena prit le chemin des États-Unis, là où l'attendaient d'autres défis, d'autres certitudes à déconstruire, et une mission à poursuivre : redonner aux femmes la victoire sur la peur.

Koffi, le cadet, avait choisi un autre univers : celui des chiffres et du risque maîtrisé. Actuaire au sein d'une grande compagnie d'assurance panafricaine dont le siège se trouvait à Abuja, il préparait avec passion l'ouverture d'une succursale au Togo. On disait de lui qu'il avait la rigueur d'un comptable et la vision d'un bâtisseur.

Conscient de l'urgence sociale que représentait le sort des travailleurs du secteur informel, il s'était fixé pour objectif de promouvoir la prévoyance vieillesse et de rendre accessible à tous, la notion d'assurance-vie.

Quant à Aményo, le benjamin, il avait fait sienne la cause de la terre. Diplômé ingénieur agronome, il travaillait à la FAG (Foire Agricole de Gapolo) sur un projet consacré à la réhabilitation des fruits tropicaux longtemps oubliés — baobab, néré, tamarin velouté, baie miraculeuse... Ces trésors de la nature, riches en minéraux et en vertus, retrouvaient grâce à ses efforts la place qu'ils méritaient dans la mémoire agricole du pays.

Bénéficiant d'un appui financier venu aussi bien du pays que de l'étranger, il menait son projet de réhabilitation en toute indépendance. Non salarié de la FAG, il en demeurait pourtant un précieux collaborateur, jouissant d'une large autonomie dans la conduite de ses activités. Sa passion pour les fruitiers tropicaux sauvages puisait ses racines dans son enfance, lorsqu'il voyait sa mère transformer la pulpe du baobab en une bouillie apaisante pour les enfants souffrant de diarrhée.

Chacun d'eux, à sa manière, prolongeait le rêve d'Agbodzi : celui d'un avenir bâti sur la connaissance, la persévérance et l'amour de la terre natale.

Et pendant qu'Ena écrivait l'histoire, Agbodzi rêvait de bâtir un futur.

Il caressait un projet grandiose : faire de la foire de Gapolo non plus seulement un rendez-vous agricole, mais un haut lieu du tourisme rural. Il y voyait des hôtels modestes mais charmants, un campement écologique, un parc d'amusement pour les enfants. Il en parla à sa banque, présenta un dossier solide. Mais les conditions imposées étaient décourageantes. Alors, il changea de stratégie : il fit appel aux diasporas togolaises, convaincu que l'espoir se bâtit parfois loin de la terre natale, mais toujours pour elle.

Agbodzi établit des premiers contacts avec des partenaires potentiels aux États-Unis et en Europe.

Les retours furent encourageants : plusieurs interlocuteurs exprimèrent un intérêt concret pour son projet.

Estimant qu'un échange en présentiel favoriserait des discussions plus approfondies et stratégiques, il envisagea alors de se rendre sur place afin d'évaluer les opportunités de collaboration et de poser les bases d'un partenariat structuré.

Chapitre 4

DEUIL DANS LA FAMILLE. RITES TRADITIONNELS

Agbodzi obtint son visa pour les États-Unis et la France. Son vol avec Air France était programmé pour le 2 mai 2006. Mais une semaine avant le départ, alors qu'il s'affairait à la ferme, un appel téléphonique fit tout basculer : son père venait d'être admis en urgence à l'hôpital Autel de Mawu après une crise brutale.

Tout commença la veille, lorsque le vieux Senyo se plaignit soudainement de violents maux de tête. Il prit un comprimé de paracétamol et demanda à une infirmière du voisinage de lui vérifier la tension. Les chiffres, sans être alarmants, étaient tout de même élevés. Sur ses conseils, il prit son traitement habituel pour l'hypertension, puis se reposa, rassuré par l'atténuation temporaire de la douleur.

Au matin, son épouse Ama, étonnée de ne pas le voir se lever comme à l'accoutumée, entra dans la chambre. Elle le trouva profondément endormi, mais son sommeil avait quelque chose d'inquiétant : il ne réagissait qu'à la douleur ou lorsque son nom était crié avec insistance. Ses paroles étaient inintelligibles, sa bouche tirait d'un côté, et son bras gauche pendait, inerte. Il ne pouvait plus se tenir debout.

L'ambiance devint aussitôt électrique : on appela à l'aide, les voisins accoururent, et il fut transporté en toute hâte vers les urgences de l'hôpital. Avant le départ pour l'hôpital, Agbodzi et toute la famille furent informés. Chacun retenait son souffle, conscient que le vieux patriarche venait peut-être d'être frappé par le mal le plus redouté de l'âge.

Agbodzi informa Ena, délégua les tâches prévues, puis se rendit au chevet de son père. Le vieux Senyo, encore conscient, répondait aux sollicitations, mais les signes cliniques laissaient peu de place au doute : il s'agissait très probablement d'un accident vasculaire cérébral ischémique selon le médecin urgentiste qui l'avait reçu. Le diagnostic fut rapidement confirmé par le scanner. Un accident vasculaire cérébral massif ! Un neurologue était déjà sur place, les soins étaient lancés, mais les limites du plateau technique et l'âge avancé du malade pesaient lourd dans le pronostic.

Papa Senyo jouissait d'une santé globalement stable, en dépit d'un diabète de type adulte et d'une hypertension artérielle, pathologies pour lesquelles il bénéficiait d'un suivi régulier assuré par un assistant médical du quartier.

Agbodzi, en tant qu'aîné, décida de veiller sur son père.

Il prit soin d'informer l'oncle Komlanvi, ainsi que les autres oncles et tantes.

Komlanvi, cousin germain de Papa Senyo, partageait avec lui les mêmes grands-parents maternels, ce qui en faisait un proche parmi les proches.

Fidèle à son tempérament, il vint à plusieurs reprises veiller son cousin alité, et prodigua à ses neveux et nièces des paroles de réconfort, avec cette sagesse pondérée et cette délicatesse d'âme dont il était le gardien reconnu depuis toujours.

Jour après jour, l'état du patriarche empirait. Une semaine après son hospitalisation, le corps médical fut contraint de partager un verdict sans illusion. La famille fut convoquée.

C'est dans cette atmosphère lourde que Lawoè, la sœur cadette d'Agbodzi, fervente fidèle du renouveau charismatique catholique, proposa que leur père soit baptisé. Agbodzi prit alors la parole devant la famille réunie. Il s'exprima sans élever la voix, mais avec une fermeté sereine.

— Papa a toujours dit qu'il voulait rejoindre ses ancêtres selon la tradition. Il a toujours refusé quand il était lucide et fort, l'idée d'un baptême. Il nous a donné la liberté de choisir nos chemins. Il serait juste, aujourd'hui, que nous respections le sien.

Nous nous souvenons tous de la tête de papa lorsqu'il apprit que son cousin Afantchao, déjà à moitié parti, s'était laissé baptiser sous l'insistance affectueuse — mais insistance tout de même — de ses enfants. Le vieux Afantchao s'était soudain transformé en Abraham du jour au lendemain. Papa disait en riant que dans leurs assises chez le chef, on aurait beau crier « Abraham », vous venez de gagner un million, son cher cousin serait resté complètement indifférent !

Papa avait alors laissé échapper ce ricanement inoubliable, celui qu'il réservait aux absurdités les plus graves. Il parla d'un « baptême à l'orée de la mort », une sorte de visa pour mourir moderne en Afrique, selon sa formule. Tout cela, disait-il, pour que ce nouveau nom figure sur les faire-part, comme si une étiquette de dernière minute pouvait redéfinir une vie entière.

À la fin de cette anecdote, Agbodzi tournant lentement la tête vers sa sœur, demanda :

— Quelqu'un a-t-il une objection ?

Personne n'en eut. Ce soir-là, l'accord tacite se fit : les funérailles seraient traditionnelles, comme le voulait le vieux.

Le 1er mai, à 21 h 05, Senyo s'éteignit, entouré de ses enfants.

Agbodzi demeura un long moment debout près du lit, dans ce silence particulier où l'on sent encore la présence s'éloigner. Lentement, il s'inclina, prit la main de son père et la serra avec une douceur infinie, comme pour en préserver la chaleur déclinante. Quelques mots s'échappèrent de ses lèvres, à peine audibles. Puis il essuya ses yeux que les larmes commençaient à troubler, et resta ainsi, un instant, entre la douleur et la compréhension. Il se dit à voix basse, avec ce ton calme des vérités qui s'imposent :

— Nous avons tous une date de péremption… Mais au fond de lui, il savait que cette limite n'était pas une fin, mais la mesure même de la vie— celle qui donne au souvenir sa valeur, à l'amour sa profondeur, et à l'homme la conscience de sa propre fragilité.

Avec courage et sans tarder, Agbodzi avertit ses amis aux États-Unis et en Europe de la situation de deuil qui frappait sa famille, et renonça à son voyage. Fort heureusement, le billet qu'il avait pris prévoyait une certaine flexibilité, lui offrant la possibilité de changer d'itinéraire et de calendrier sans frais supplémentaires.

La famille d'Agbodzi fait partie de l'ethnie Éwé

Le peuple Éwé occupe une vaste région de l'Afrique de l'Ouest, qui s'étend du Ghana au Nigéria, en traversant le Togo et le Bénin. Leur histoire trouve son origine à Notsé, cité ancienne dont les murailles gardent encore la mémoire de l'exode survenu, dit-on, au XV ou au XVI si cle. Partout où ils se sont établis, les Éwé ont su préserver leur langue, transmettre leurs traditions et faire rayonner une culture profondément enracinée dans le sens du lien, de la parole et de la mémoire.

Les obsèques du vieux Senyo se déroulèrent selon la coutume éwé.

Le corps fut déposé à la morgue du CHU Sylvanus Olympio. Très vite, la famille se rassembla autour d'Agbodzi. L'accent fut mis sur la nécessité d'unité entre frères et sœurs dans cette épreuve. Agbodzi exposa les étapes à suivre pour l'organisation des obsèques : il fallait d'abord faire l'annonce formelle du décès aux notables et dignitaires du village, puis convoquer une assise devant servir de comité d'organisation ad hoc, au cours de laquelle la date des funérailles serait entérinée.

Dès le lendemain, à six heures du matin, la première réunion de planification se tint au domicile du défunt à Assigomé.

Chaque notable fut appelé, et celui qui répondait présent était aussitôt enregistré. Un porte-parole fut désigné pour conduire les échanges.

Les questions étaient débattues à voix basse entre les notables, puis le porte-parole se levait pour annoncer leur décision.

Les enfants du défunt, entourés de leurs tantes et oncles, se consultaient à leur tour avant de transmettre leur réponse au porte-parole, qui l'annonçait aussitôt devant l'assemblée.

Conformément à la tradition, les notables demandèrent à la famille éplorée de présenter les boissons officielles de la séance au comité, marque de respect et d'hospitalité. La famille formula alors une requête, celle qu'un conseiller leur soit désigné pour les guider dans les usages protocolaires.

S'ensuivit une énumération détaillée de tous les éléments logistiques et rituels des obsèques— une véritable check-list communautaire où chaque étape avait sa portée symbolique.

Parmi les questions posées figurait celle-ci : « Est-ce que la biche fait partie des obsèques ? » — une métaphore évoquant l'usage du cuir de biche pour la confection des tambours. En effet, lors de certaines funérailles particulières, le tambour ne devait pas résonner. C'était le cas où si le défunt avait contracté une maladie jugée contagieuse— crises convulsives ou épilepsie (cette dernière étant, à tort, considérée comme contagieuse), lèpre, variole ou autres affections redoutées.

Des règles précises s'appliquaient également aux morts accidentelles. Les obsèques se tenaient à l'extérieur de la maison, et les corps étaient inhumés dans un cimetière réservé à cet usage. Les tambours restaient toutefois autorisés. En revanche, les personnes décédées de maladies considérées comme « impures » — épilepsie, lèpre ou variole — étaient enterrées de nuit, dans un endroit discret, sans pierre tombale. Leurs funérailles étaient volontairement simples et sans faste.

Quant aux morts frappées par la foudre, elles suscitaient toujours la crainte. On murmurait que Hébiesso, le dieu du tonnerre, ne s'abattait jamais sans raison. Ceux qu'il frappait auraient commis, disait-on, un crime resté secret. Leurs obsèques se déroulaient dans un silence lourd, suivant des rites réservés à cette divinité redoutée, dont la colère n'admettait ni prière ni pardon.

Chaque interrogation suivait la même procédure : consultation des membres de la famille, puis transmission de la réponse par le porte-parole. Toutes les réponses furent affirmatives : les rites traditionnels seraient intégralement respectés.

À la fin de la réunion, les boissons furent distribuées à tous les participants. La dernière coupe fut servie de manière solennelle. Des remerciements furent adressés à la famille, ainsi qu'au responsable du service des boissons.

Il fut également rappelé à chaque concession familiale son devoir de contribuer, par une avance prédéterminée, au budget des funérailles — une somme modique traditionnellement remboursée le lendemain des cérémonies.

Depuis le début des années 2000, sous le leadership du vieux Senyo, le village d'Assigomé avait entrepris la construction d'une maison funéraire. Celle-ci connue sous le nom de MFA (maison funéraire d'Assigomé) fut inaugurée en novembre 2005, et avait coûté environ soixante-quinze millions de francs CFA — une première dans la région, et probablement dans le pays tout entier.

Spacieuse et fonctionnelle, la maison comprend des tentes escamotables et fixes, une salle dédiée à l'exposition des corps, ainsi que plusieurs aires de réception, dont une grande salle centrale. Grâce à cette infrastructure, les funérailles sont devenues moins coûteuses. Les familles n'avaient plus à conserver les corps à la morgue pendant de longs mois, le temps de préparer leur propre domicile.

Les funérailles du patriarche Senyo se déroulèrent ainsi sur deux jours, dans le respect scrupuleux de la tradition réformée, les 12 et 13 mai 2006.

Comme le veut la coutume aux heures de deuil, l'oracle Fa fut consulté. Les signes, graves et solennels, parlèrent d'une mort naturelle, mais portèrent aussi un message d'unité adressé à toute la communauté. Dans l'univers de nombreuses sociétés africaines, le départ d'un être ne se résume jamais à une simple constatation médicale : il appelle une quête de sens plus vaste. Même lorsque la cause physique est connue, la recherche métaphysique s'impose comme un complément essentiel, embrassant l'existence dans sa totalité. Car l'enjeu n'est pas seulement de savoir ce qui a provoqué la maladie ou l'accident, mais de sonder ce qui, en amont, a ouvert la voie à leur survenue.

Cette réponse, mystérieuse et insaisissable, appartient au domaine des divinités. Pourtant, à force de recourir à ces explications, la communauté glisse parfois vers une dépendance spirituelle démesurée, nourrissant une forme d'addiction religieuse diffuse, subtile mais persistante.

Agbodzi, affligé par le deuil, était resté silencieux devant tout le rituel mais se surprit à sourire en se remémorant une anecdote singulière. On lui avait rapporté qu'un éminent professeur d'université, dont l'enfant avait été admis à l'hôpital pour un neuropaludisme, n'avait pas trouvé apaisement dans la certitude du diagnostic médical. La science, claire et rigoureuse, demeurait pour lui une vérité inachevée. Ce n'est qu'auprès de l'oracle qu'il crut découvrir la clef du malheur : une conjuration invisible tramée pour l'anéantir. Mais, disaient les révélations, sa propre existence étant ceinte d'une protection inviolable, les puissances occultes s'étaient détournées de lui pour s'abattre sur son fils. Ainsi, entre la rigueur des faits et la force des croyances, le destin de l'enfant semblait se jouer dans l'espace fragile où se croisent la médecine et l'invisible.

Le combat de la dialectique — réalité objective démontrable contre croyance subjective — paraissait de plus en plus nécessaire, songeait Agbodzi. Non pas pour éradiquer l'univers des convictions intimes, mais pour que la quête de la vérité objective soit toujours placée au premier plan.

Il mit un terme à cette brève escapade méditative et revint à l'urgence du moment : les obsèques de son père. Tout le reste pouvait bien attendre. Au moment où lui et les autres membres de la famille, rassemblés pour le rituel, sortaient de la maison, un souffle puissant s'éleva soudain. En quelques secondes, le vent se fit tourbillon, soulevant poussière et feuilles mortes dans une danse impromptue. Ce phénomène, somme toute ordinaire en pareilles saisons, prit aussitôt, dans les murmures des anciens, une signification plus profonde : c'était, disaient-ils, l'âme du défunt qui se manifestait une dernière fois, avant de s'en aller vers les hauteurs invisibles.

Toute la semaine, des délégations affluaient pour présenter leurs condoléances à la famille. Agbodzi s'était imposé d'être présent autant que possible. Une concertation entre frères et sœurs avait permis d'établir un budget pour les funérailles. Agbodzi sollicita alors des contributions volontaires de chacun. L'objectif était clair : honorer la vie et la mémoire du défunt sans verser dans une ostentation superflue.

Les responsabilités furent réparties avec clarté, et il fut convenu que la famille se réunirait chaque matin pour un bref compte rendu sur l'évolution des préparatifs.

Ena arriva le mercredi, suivie des enfants le jeudi soir.

Dès l'aube du vendredi, une cérémonie traditionnelle, appelée « l'annonce du défunt », lança officiellement les funérailles. Les notables représentant les familles d'Assigomé et des villages alliés étaient tous présents.

Comme prévu, la veillée débuta à 18 heures précises. Le code vestimentaire imposait le rouge ou une couleur sombre. L'ambiance était rythmée par l'Agbadza. D'autres formations musicales, inspirées du célèbre barde Akpalu, vinrent également égayer la soirée.

La veillée funéraire s'ouvrit, comme le veut la coutume, par l'annonce du programme et des règles de conduite de la soirée. L'annonceur, véritable maître de cérémonie, coordonnait le déroulement des événements.

La famille éplorée, assise au premier rang, était entourée des proches parents. Le programme consistait essentiellement en une alternance de prestations musicales et de lectures d'extraits retraçant la vie du défunt.

C'était la première fois qu'une pompe funèbre strictement traditionnelle dirigeait des obsèques d'une telle envergure. Habituellement, même les funérailles des non-chrétiens étaient encadrées par des chorales et agrémentées de lectures bibliques. Ce changement fut vécu comme une véritable révolution, un acte de fidélité au vœu du patriarche et à l'identité du clan.

La veillée et l'Agbadza

La musique emblématique des obsèques en milieu éwé est l'Agbadza, héritière d'un répertoire lyrique puisé dans les récits guerriers anciens, chantant la bravoure et pleurant les disparus.

Son rythme, vif et entraînant, est scandé par un tambour majeur, soutenu par un tambour médium, tandis qu'un tambour mineur en marque le tempo. Castagnettes, gong et frappements de mains viennent enrichir cette pulsation collective.

Le tambour majeur « parle » en phrases dansantes auxquelles répond et s'accorde le tambour médium. Les chants, connus de tous les adultes, sont entonnés par un soliste et repris en chœur par l'assemblée.

Née du fracas des armes et du tumulte des batailles, l'Agbadza plonge ses racines dans l'ancienne danse guerrière Atrikpui. Autrefois, ses rythmes et ses chants galvanisaient les guerriers Éwé avant l'affrontement, puis saluaient leur retour victorieux. Dans ses percussions, résonnaient l'écho des tambours de guerre et, dans ses paroles, la mémoire des héros tombés.

Au fil des générations, l'Agbadza a délaissé le champ de bataille pour embrasser la vie communautaire. Elle a trouvé sa place au cœur des obsèques, des mariages et des grandes fêtes, devenant le langage même de la cohésion et de la continuité entre les vivants et les ancêtres.

Les chants, parfois improvisés, mais souvent d'auteurs anonymes, racontent l'actualité, rappellent les hauts faits ou livrent, avec pudeur ou audace, les émotions du moment.

La danse Agbadza n'est pas seulement un mouvement : c'est une mémoire en geste. Elle se pratique en solo, en duo ou en groupe, comme un dialogue entre le corps et le tambour. Deux pas d'un côté, deux pas de l'autre, genoux légèrement fléchis, tandis que les bras fendent l'air avec vigueur et douceur à la fois, dans un rythme oscillatoire. Les plus habiles ondulent du dos avec grâce, s'inclinant légèrement lorsque leurs mains se tournent vers la terre — comme pour saluer les ancêtres dont ils ravivent le souffle à travers la cadence.

Ainsi, chaque battement de tambour est une pulsation de l'histoire, et chaque pas de danse, un pont invisible jeté entre le passé et le présent. L'Agbadza n'est pas seulement une musique : elle est l'âme qui se souvient et la voix qui rassemble.

Le groupe Agbadza ouvrit alors le ban par deux courts segments de percussions, sans accompagnement vocal, appelés adjokpè — une entrée en matière rituelle. Bientôt, la partie s'anima. Les chants s'élevaient en vagues successives : d'abord lents, caressants comme une brise tiède, puis s'accélérant, entraînant les corps dans un tourbillon fiévreux.

Les chants d'Agbadza s'élevaient, pareils à des volutes d'encens montant vers le ciel, convoquant les esprits du passé. Chaque mélodie éveillait tour à tour des plaies de douleur ou des éclats de gloire. Et soudain, une chanson, par ses paroles, frappa le cœur du vieux Adjakli, frère d'âme du défunt. Il se leva d'un bond, enroula le pan de son pagne sous son aisselle, pencha son torse en avant, les bras fléchis, coudes dressés comme les ailes d'un oiseau prêt à s'arracher au sol. Sa voix jaillit, s'unissant au chœur avec une vigueur fulgurante... mais l'élan se brisa en sanglots. Ses forces l'abandonnèrent, et on le conduisit à l'intérieur de la maison. Adjakli et Papa Senyo avaient toujours vécu une fraternité scellée par le temps et l'épreuve. Peut-être un souvenir de bravoure partagée venait-il de surgir de ses entrailles. Mais, songeant alors à sa propre finitude, il fut terrassé par le flot irrésistible de l'émotion.

Le sodabi, liqueur locale au parfum brûlant, était servi à profusion. Sa morsure ardente embrasait les gorges, allumait les regards et déliait les langues, jusqu'à faire tomber les dernières barrières de pudeur.

La rumeur courait qu'il existait un cru ancien, distillé depuis plus de deux décennies, que papa Senyo avait précieusement conservé pour le jour de ses funérailles. On disait qu'il en gardait jalousement la jarre, scellée de ses propres mains, ainsi qu'une demi-douzaine de dames jeannes remplies à ras bord —comme on garde un secret de famille ou un serment d'adieu. Le breuvage, ambré comme le soleil au couchant, exhalait une senteur de vin de palme fermenté et de terre mouillée. Chaque gorgée semblait un hommage : on buvait autant pour se souvenir que pour se tenir debout, pour célébrer la vie au seuil de la mort. Dans les verres se mêlaient le feu du sodabi et la ferveur des cœurs, et, quelque part dans la nuit, il semblait que l'âme de Senyo souriait, apaisée. Les danseurs, ivres de rythme autant que d'alcool, se livraient tout entiers : muscles tendus, épaules qui ployaient et se relevaient, jambes martelant le sol ferme au tempo des tambours. C'était une épreuve et un triomphe, un mélange de force brute, d'endurance et d'élan vital.

Au moment où la sueur perçait les tempes et où le souffle se faisait court, des plateaux de victuailles apparurent comme une bénédiction, rendant à la foule l'énergie de poursuivre jusqu'à l'aube.

À la fin officielle de la veillée, les invités défilèrent pour saluer un à un les membres de la famille, avant d'être conduits vers le corps déjà exposé. L'ordre et la discipline furent respectés à la lettre. Les visiteurs entraient par petits groupes, faisaient le tour du cercueil, puis étaient guidés vers la sortie.

Tout se déroulait sereinement, jusqu'au moment où Dayi, la sœur aînée de papa Senyo, poussa un cri de détresse. On aurait dit qu'elle avait longtemps contenu une douleur profonde, et qu'elle ne pouvait plus la retenir.

— Sé, s'écria-t-elle, reprenant le surnom affectueux de son frère, que dis-tu ? Est-ce vrai que tu m'as abandonnée ici ? Pourquoi m'as-tu laissée seule ? Il y a deux semaines à peine, tu étais encore chez moi, nous parlions de tout et de rien...

Elle portait gracieusement ses quatre-vingt-cinq ans. Elle vaquait encore à toutes ses activités quotidiennes avec une lucidité remarquable. Mais ce soir-là, elle devint inconsolable. Dans sa douleur, elle entonna un chant circonstancié de la légende Akpalu.

Les tambours se firent plus graves.

Plusieurs yeux s'embuèrent.

Des larmes coulèrent, silencieuses, même sur les visages des hommes.

Le chœur reprit doucement les derniers vers.

La nuit, dans sa densité, semblait retenir son souffle.

Et l'on sentit, confusément, que dans cette vibration de douleur et de mémoire, le défunt venait d'être pleinement réintégré à la grande lignée des ancêtres.

Le samedi matin, le village fut pris d'assaut par une foule nombreuse. Une importante délégation était venue de Gapolo. Arrivés la veille, le personnel de la ferme et les amis du village s'étaient installés sous l'une des tentes. Notables, cadres et représentants des localités voisines affluaient, drapés de leurs plus beaux pagnes. Le tam-tam parlant faisait résonner son langage ancestral, annonçant avec gravité l'arrivée des dignitaires. Une fine pluie se mit à tomber, comme une larme du ciel, répandant sur le village une fraîcheur douce et apaisante. Les feuilles frémirent, les toits d'étain scintillèrent, et l'air s'emplit d'une senteur de terre neuve. Puis, lorsque le soleil perça les nuages, un arc-en-ciel se déploya au-dessus des collines. Ses couleurs semblaient tracer un pont entre la terre et l'invisible. Beaucoup murmurèrent que même le ciel s'était incliné pour saluer le dernier voyage de papa.

Le moment le plus émouvant fut l'arrivée du cercueil, déposé sous la tente centrale, juste devant la famille éplorée.

Sous la lumière douce du matin, le cercueil d'ébène, poli jusqu'à capturer chaque reflet, reposait sur le chariot comme un navire prêt à appareiller vers l'invisible.

Les petits-enfants, drapés d'un noir profond, avançaient d'un pas parfaitement cadencé, le visage grave, guidés par les notes graves et vibrantes de la fanfare traditionnelle.

Chaque pas résonnait comme un battement de cœur commun, un souffle collectif qui portait l'adieu.

Arrivés à hauteur de la tente centrale, ils s'immobilisèrent, puis s'inclinèrent lentement, comme pour déposer à terre un fragment de leur histoire.

En un mouvement d'une harmonie presque chorégraphique, ils se déployèrent en deux lignes divergentes, évoquant deux rivières qui s'écartent après un long chemin partagé.

Chacun gagna la place qui l'attendait auprès de ses parents, laissant dans l'air un silence vibrant, où la musique poursuivait seule le fil de l'hommage.

Soudain arrivèrent, femmes de sang et de cœur, vêtues de leurs plus beaux pagnes, un tissu roulé autour des hanches tel un baudrier de dignité.

D'un même mouvement, elles s'accroupirent devant la famille éplorée.

Alors, monta de leurs poitrines un appel strident, prolongé comme une flèche dans l'air, qu'un geste vif de la main sur la bouche brisait soudain, sculptant la dernière note.

— « Hoboboboé !

Le bélier de Senyo a coupé sa corde…

Le bélier de Senyo a coupé sa corde… »

Les voix se répondaient, se superposaient, tissant une plainte et une louange à la fois.

Dans cette métaphore héritée des anciens, on entendait le départ irrévocable : le lien rompu, la bête libre quittant le troupeau des vivants, pour rejoindre l'enclos invisible où veillent les ancêtres.

Devant la MFA se dressait une vaste tente, faite de larges pans de tissu imprimé aux couleurs éclatantes, assemblés comme une mosaïque vivante. Sous le soleil du matin, ses motifs bigarrés semblaient vibrer, lançant des éclats de rouge, de bleu et d'ocre au gré du vent.

Plus qu'un simple abri, elle ressemblait à un dais cérémonial, un toit d'apparat pensé pour tamiser la lumière implacable plutôt que pour défier la pluie.

Dans le passé, on la déployait lors des funérailles pour offrir refuge aux groupes folkloriques. Ce jour-là, c'était au tour du Dua-Fan d'y prendre place — formation emblématique d'Assigomé, héritière du style popularisé par le barde Akpalu, mais née de l'élan créateur du héros local Azianputor.

La tente elle-même appartenait à ce groupe, témoin tangible de leur rôle central dans la mémoire et la fête du village.

Dans l'enceinte de la MFA, plusieurs oraisons furent prononcées. Le chef du village, Togbui Adenyo Adela III, salua le sens aigu de la responsabilité du défunt, et sa qualité exceptionnelle de meneur d'hommes, qui avait permis la réalisation du projet grandiose de la maison funéraire d'Assigomé, aujourd'hui une fierté nationale.

Senyo fut de son vivant un pilier de notre communauté. Il laisse derrière lui, sa veuve Ama, et les 7 filles et fils. Il esquissa quelques pas de danse, puis plaça un petit trophée sur le cercueil avant de conclure :

— Togbui Senyo, en rejoignant nos ancêtres, continue de veiller sur nous.

Après quelques intermèdes musicaux, la parole revint à la famille pour l'oraison finale.

Naturellement, ce fut à Agbodzi qu'échut ce privilège. Il s'avança vers le cercueil et, d'un geste, invita ses frères et sœurs à le rejoindre. Tous encerclèrent le cercueil, se tenant par la main dans un geste d'unité. Après s'être inclinés en silence, ils regagnèrent leur place.

Devant le micro, Agbodzi semblait avoir gagné quelques centimètres. Drapé dans son costume traditionnel, il ressemblait à s'y méprendre à son père. Sa voix, calme et limpide, portait la gravité des grands instants.

Je suis Agbodzi, fils aîné de papa Senyo.

Notre père nous a très tôt inculqué l'amour et le sens du patriotisme — qui n'est autre que l'attachement à son lieu d'existence. Il nous a surtout transmis la liberté d'être pleinement nous-mêmes.

Il aimait rappeler qu'il n'y a que deux certitudes dans la vie : la naissance et la mort. Entre ces deux pôles de l'existence humaine, la certitude devient incertaine. Curieusement, nous ne sommes jamais pleinement conscients de ces deux moments clés.

Papa nous a quittés il y a une dizaine de jours. Où sera-t-il, une fois que ce cercueil aura été déposé sous terre ?

Où allons-nous après la mort ?

Cette question est aussi vieille que l'humanité. Et si elle continue à être posée, c'est bien que personne n'a jamais pu y répondre de façon pleinement satisfaisante.

Nous, les humains, parce que profondément anthropocentriques, croyons à la vie éternelle. De là sont nées nos visions du paradis, du jugement dernier et de la résurrection, ou de la réincarnation. Nous nous soucions rarement de savoir si les arbres, les animaux — même ceux qui partagent notre intimité domestique — possèdent eux aussi une âme, une essence qui leur survit après la mort. Et cependant, nous sommes faits des mêmes atomes de carbone, d'hydrogène, d'azote et d'oxygène, que l'on retrouve dans les étoiles et dans tout l'univers. Curieuse parenté cosmique entre nous et le reste du vivant. Si l'âme est la conscience, alors celle-ci devrait loger dans les cellules du cerveau. Or, à notre mort, ces cellules cessent de vivre. Comment dès lors la conscience pourrait-elle survivre à l'organisme qui la contenait ? L'âme serait-elle immatérielle ? Et si tel est le cas, qu'est-ce qui la distingue, qu'est-ce qui l'identifie ?

Nul n'a la réponse à ces questions.

Mais je crois à une autre forme d'éternité. Nous sommes ici, enfants de papa Senyo. Il continue de vivre en chacun de nous, et à travers nous, en ceux qui viendront après nous, tout comme il avait lui-même porté en lui la trace de ses parents, de ses grands-parents et de ses aïeux plus lointains.

Nous procédons de nos ascendants dont nous portons les gènes, héritiers d'une mémoire inscrite dans la chair autant que dans *l'esprit. Ainsi, ce que nous appelons vie n'est peut-être qu'une continuité, un fil tendu entre le passé et l'avenir.*

Son corps, retourné à la terre, se décomposera en ces éléments constitutifs dont il était la synthèse.

L'héritage matériel qu'il nous laisse sera comme toujours, partagé, émietté.

Mais l'héritage moral, lui, ne se divise pas. Il a été légué entièrement à chacun de nous.

Les valeurs que notre père incarnait, il nous les a inculquées une à une, personnellement.

Papa, je ne suis pas sûr de t'avoir rendu tout l'amour que tu m'as toujours manifesté.

Adieu, mon héros. Tu mérites ta place parmi les ancêtres méritants.

Adieu.

Agbodzi sortit son mouchoir pour éponger les grosses larmes qui coulaient sur ses joues.

Un murmure parcourut l'assistance, traduisant l'effet des paroles simples, profondes et vraies du fils du défunt.

Comme annoncé à plusieurs reprises, l'inhumation eut lieu dans l'intimité familiale, au cimetière du clan. Le cercueil fut descendu dans la tombe. Des viatiques offerts par la famille furent déposés tout autour. Puis, chacun fut invité à jeter les premières poignées de terre. La tombe fut scellée. Et la famille retourna en silence sous la tente.

Après l'inhumation, les obsèques se poursuivirent dans un souffle de fête et de recueillement mêlés, comme pour escorter

Togbui Senyo vers l'au-delà avec les couleurs et les saveurs de la vie qu'il avait tant aimée.

La musique emplissait l'air, vibrant au rythme des tambours et des voix, tandis que les réceptions battaient leur plein. De petits gadgets commémoratifs, à l'effigie ou au nom du défunt, circulaient entre les mains, devenant des trésors de mémoire pour ceux qui les emporteraient chez eux.

Aux quatre coins de la place, les points de collecte pour les contributions volontaires étaient bien indiqués : simples tables recouvertes de tissu, avec des caisses ou des paniers, où chacun déposait son geste de soutien. Périodiquement, le maître de cérémonie, debout devant son micro, rappelait leur emplacement. Sa voix résonnait dans les haut-parleurs, chaude et solennelle :

« Pour tout ce que vous avez fait, continuez de faire, et ferez dans l'avenir pour la mémoire de Togbui Senyo »

(Togbui étant une appellation de noblesse).

D'un ton maîtrisé, il dirigeait ensuite les différents groupes d'invités vers leurs lieux de réception. Puis, au milieu des annonces officielles, un moment inattendu fit sourire :

« Une clé de voiture a été retrouvée… le propriétaire est prié de se présenter ici ». La foule rit doucement. Même dans les cérémonies les plus réglées, la vie glissait toujours ses petits éclats de quotidien.

Pour que personne ne manque de rien, Agbodzi avait mobilisé de grandes ressources. La veille des funérailles, sur la cour et aux abords, les charrettes déposaient leur cargaison : sacs de maïs doré, piles d'ignames massives, manioc charnu et tendre, gingembre piquant, tomates rouges et juteuses, bottes d'épices parfumées. Les cris des poulets, bêlements des chèvres et meuglements graves des bœufs se mêlaient dans une cacophonie festive.

Quatre bœufs avaient même été acheminés spécialement de Gapolo, certains offerts par des éleveurs amis en hommage à l'homme disparu.

Le jour des funérailles, l'air embaumait d'odeurs mêlées — fumée de bois, viande grillée, sauce frémissante — et les tables se garnissaient à mesure. Il y avait à manger, à boire, et dans chaque plat servi, dans chaque calebasse tendue, la conviction que la générosité était la plus belle des couronnes pour accompagner Togbui Senyo vers ses ancêtres.

La famille en milieu éwé

Le dimanche matin, la famille élargie — incluant tantes, oncles, cousins — ainsi que la branche matrilinéaire, s'étaient réunies. Chez les Éwé, la dimension matrilinéaire de la famille constitue un aspect culturel fondamental. Dans cette région d'Afrique, la famille est toujours perçue comme bidimensionnelle : à la fois patrilinéaire et matrilinéaire.

La composante matrilinéaire, en particulier, est reconnue comme le berceau affectif de la confiance, un espace de relations où l'hégémonie n'a pas droit de cité. Est-ce parce qu'il n'y a, le plus souvent, aucun héritage matériel à partager ? Peut-être. Mais c'est surtout parce qu'elle s'enracine dans une logique d'attachement et de solidarité, davantage que dans la possession des biens. Elle se tisse autour de la descendance des filles issues d'une matriarche lointaine. Les fils de ces femmes en sont membres, mais leurs enfants n'y trouvent pas place. À l'inverse, les filles et leurs descendants y appartiennent pleinement, comme si la transmission de ce lien se faisait par la permanence du sang maternel. Cette lignée, à mesure qu'on avance dans le temps, se déploie, se ramifie, se disperse. Elle échappe à toute géographie fixe : ni village, ni quartier ne peuvent la contenir. Elle ne se laisse tracer qu'à travers les individus qui la portent, souvent éloignés les uns des autres, mais reliés par une mémoire invisible, une sorte de fil sacré qui, malgré les distances et les siècles, continue de les unir.

La lignée patrilinéaire, quant à elle, est localisable. Elle est rattachée à une concession, un quartier, un village, et s'organise autour d'un patronyme. Elle est généralement plus structurée pour défendre le patrimoine foncier et l'honneur d'un patriarche commun. Néanmoins, dans les familles polygames, les conflits de pouvoir et la compétition dans la répartition de l'héritage n'y sont pas rares.

Dans le cadre des obsèques, la présence de la lignée matrilinéaire est essentielle. Sans elle, le quorum n'est pas considéré comme atteint, et aucune décision ne peut être valablement prise. Ce jour-là, la famille était donc réunie dans toutes ses composantes.

Les notables rejoignirent l'assemblée pour procéder à l'évaluation financière des funérailles. Le protocole coutumier fut scrupuleusement observé, avec le porte-parole qui, selon l'usage, annonçait les questions et les réponses.

L'objectif principal de cette réunion était de s'assurer que toutes les concessions et villages alliés avaient effectivement contribué aux frais. Une participation individuelle minimale était requise pour chaque membre de la communauté. La branche matrilinéaire contribuait collectivement, tandis que les conjoints des enfants du défunt s'acquittaient d'un montant obligatoire déterminé par les autorités traditionnelles. Ce montant, révisé périodiquement, connaissait le plus souvent une hausse. Quant aux dons volontaires des amis de la famille, ils affluaient toujours avec générosité.

Après avoir vérifié que toutes les contributions avaient été versées, les notables demandèrent à la famille endeuillée si elle souhaitait leur confier l'établissement d'un compte rendu exhaustif des dépenses. Après délibération, la famille déclina l'offre. Les notables exigèrent alors que les avances versées par les différentes concessions leur soient restituées, conformément aux règles établies.

Le repas et les boissons furent ensuite partagés avec l'assistance. Les félicitations fusèrent à l'égard des enfants du défunt pour la qualité de l'organisation et le bon déroulement des funérailles. « Papa Senyo doit être très fier de vous », disait-on avec émotion.

Au détour d'une rue, Akpami, le fou du village, lança d'une voix forte :

— Papa Senyo a été enterré comme un roi ! Je vous le dis, seul mon enterrement sera plus grandiose !

Un rire franc et contagieux éclata alors dans toute l'assistance, comme pour souligner, dans la douleur, la joie d'un hommage accompli.

Le cinquième jour après l'inhumation, la cérémonie de libation eut lieu. Selon la tradition éwé, ce rite sacré vient désaltérer l'âme du défunt, restée à jeun depuis son départ, normalement depuis l'inhumation. Cinq jours de silence, de flottement, entre deux mondes. Cinq jours de traversée invisible. La libation, versée dans le sable comme une offrande, lui ouvre enfin le seuil des ancêtres. Il peut entrer.

La transmission d'une génération à l'autre

Ce jour-là, dans la grande concession familiale, alors que le soleil descendait sur les toits en tôle rouge d'Assigomé, Agbodzi rassembla ses enfants et ses neveux. Ils s'assirent autour de lui, dans le calme vibrant de l'après-midi. Lui, calé à califourchon sur une chaise, le regard tourné vers les jours anciens. Il avait cette voix grave et souple qu'on prend quand on évoque les morts sans les réveiller.

— Quand j'étais petit, commença-t-il, notre vie tournait autour des champs. Tout le monde cultivait. On vivait au rythme des pluies. En dehors de la grande saison humide, le temps s'étirait.

Il n'y avait pas cette urgence permanente que vous connaissez aujourd'hui. Le stress n'était pas encore arrivé au village.

Il marqua une pause, puis reprit, plus doucement :

— Les obsèques, à l'époque, se faisaient en deux grands actes. D'abord l'inhumation, en deux temps : veillée, puis enterrement. Ensuite, venaient les funérailles. Trois jours de mémoire et de solennité. La première nuit, une veillée. Le lendemain, la démonstration guerrière. Et le troisième jour, les hommages et les danses.

Il leva légèrement la main, mimant un tir de fusil.

— Ce deuxième jour, c'était du bruit. Des coups de feu, des salves de mortier. Toute la poudre noire du canton semblait y passer. C'était bruyant, c'était spectaculaire. Plus le défunt était nanti ou noble, plus ça tonnait. Je me souviens d'un jour — j'étais avec ma mère. On marchait près de la case quand un coup partit. Une vraie explosion. Mon cœur s'arrêta net. J'en tremble encore.

Un sourire passa sur ses lèvres.

— Mais, vous savez, quand ces démonstrations ont été interdites, personne n'a vraiment pleuré. C'était dans l'ordre des choses.

Il continua, évoquant l'action de grâce, parfois célébrée en groupe pour plusieurs défunts d'un même clan, et la sortie solennelle du tam-tam de guerre — cet instrument sacré porté par un descendant, battu avec respect pendant que les notables exécutaient leurs pas guerriers. Un monde s'éteignait, un autre s'ouvrait, toujours au rythme des tambours.

Dans le calme vibrant de l'assemblée, un souffle léger courut sur les visages, comme si un ancien vent de sagesse venait éveiller les consciences. Puis, tel un bourgeon s'ouvrant au soleil, Numeli, fils aîné de Lawoè, se leva. Élève en terminale scientifique, passionné de chiffres et de raisonnement, on le surnommait "Pythagore", tant les mathématiques étaient devenues sa seconde nature.

Il salua l'oncle Agbodzi avec respect, puis prit la parole :

— Merci, cher oncle, pour cette immersion dans l'histoire et les rites de notre village. Mais si vous me le permettez, j'aimerais partager une pensée — une idée qui me travaille depuis quelque temps.

Il marqua un temps.

— Dans certaines sociétés, j'ai vu des corps incinérés, les cendres dispersées... pratique étrangère à notre monde, à notre rapport à la terre et aux ancêtres. Mais il y a une réalité qui me préoccupe : la croissance rapide de notre population. Si rien n'est fait, les cimetières risquent de grignoter sur nos terres vivantes — agricoles, urbaines, humaines.

Il se redressa, l'air inspiré.

— *J'imagine un autre modèle, dit-il. Une fosse creusée profondément dans la terre, à cinq mètres ou davantage. Le premier corps serait déposé tout au fond, puis une dalle de béton viendrait sceller ce niveau. Ensuite, un second corps, une nouvelle dalle, et ainsi de suite — couche après couche — jusqu'à la surface. Une véritable architecture verticale du souvenir.*

Deux options se présenteraient : soit édifier dès le départ l'ensemble des strates, sous forme de casiers superposés, soit ne construire que la fondation et les murs extérieurs, en ajoutant les niveaux au fur et à mesure des besoins. Dans l'un ou l'autre cas, le toit et le contour seraient solidement bâtis et protégés. Il s'interrompit un instant, la voix soudain plus grave, puis reprit d'un ton vibrant :

— *Une rampe latérale, ou une marche discrète, permettrait d'accéder à chaque niveau, si la famille souhaite s'y recueillir. Rien* ne serait perdu : on élèverait la mémoire au cœur même de la profondeur. *Un silence solennel envahit les lieux. Le temps semblait suspendu.*

— Chaque strate, reprit-il, serait une époque. Une génération. Chaque dalle, une page d'histoire, un socle pour la suivante. Une sépulture en strates, à l'image des civilisations : ce que nous sommes, édifiés sur ce que furent nos pères. *Son regard s'illumina.*

— Les mathématiques nous l'enseignent, dit-il enfin : l'espace est une pensée. Les civilisations ne s'élèvent que lorsqu'elles apprennent à disposer le passé sans étouffer le présent.

Agbodzi, ému, se leva, comme porté par une force intérieure. Il s'approcha du jeune homme, posa ses mains sur ses épaules avec une tendresse mêlée d'admiration.

— Meli… Assigomé t'écoute, et par ta voix, les anciens parlent. Ce que tu viens d'énoncer n'est pas une simple idée : c'est une vision. Une architecture sacrée du souvenir. Tu as su, avec la rigueur du mathématicien et la sagesse de l'ancien, réconcilier l'espace, la mémoire et la dignité. Il se tourna alors vers l'assemblée, debout, le regard incandescent :

— Que cela soit entendu ! Nous n'avons pas seulement un garçon parmi nous, mais une voix de l'avenir. Ce que nous venons d'entendre devra être présenté devant les notables. Je veux que tu sois à mes côtés, Numeli. Et j'en parlerai à ta mère — je lui dirai ceci : ce n'est pas un adolescent qui vient de parler, mais un sage que le temps a choisi d'envoyer plus tôt. Un silence dense s'installa. On entendait au loin le bêlement d'une chèvre et, tout près, le froissement des feuilles sous la brise du soir.

Les neveux d'Agbodzi, d'abord surpris, restaient immobiles, comme figés par la gravité de ses paroles. L'un d'eux échangea un regard furtif avec son cousin, cherchant à comprendre ce qui venait de se passer. Numeli, lui, baissa la tête, embarrassé. Il ne savait pas comment recevoir tant d'éloges. Ce qu'il avait dit lui était venu naturellement, sans calcul — comme un éclair de lucidité descendu de nulle part. Agbodzi, toujours debout, promena son regard sur chacun d'eux.

— Vous voyez, mes enfants, dit-il d'une voix adoucie, ce que j'attends de vous, ce n'est pas la répétition du passé, mais son prolongement. Chaque génération doit ajouter une strate à l'édifice, non pour le recouvrir, mais pour l'élever. Il posa une main sur l'épaule de Numeli.

— Et toi, continua-t-il, tu viens de nous rappeler que le génie dort parfois dans les cœurs les plus jeunes. Un sourire se dessina sur ses lèvres, et l'atmosphère se détendit. Peu à peu, les neveux se mirent à parler à voix basse, commentant, riant un peu, comme pour ramener le moment à la simple humanité du quotidien. Mais tous savaient qu'ils venaient de vivre quelque chose d'exceptionnel — un instant suspendu où le savoir et la mémoire avaient trouvé leur voix.

La nuit commençait à s'imposer, effaçant les dernières teintes du jour. Du sommet du grand kapokier, au loin, parvinrent les hurlements plaintifs d'un hibou. Son cri, prolongé et grave, semblait se plaindre à la lune. Les neveux levèrent instinctivement la tête. Agbodzi, qui avait remarqué leur trouble, laissa passer un instant, puis dit avec un sourire rassurant :

— Nous avons tous connu, à votre âge, la crainte de ces oiseaux de nuit. On leur prête des pouvoirs, on y voit des présages, parfois même des signes de sorcellerie. En effet, le nom hibou se traduit littéralement en éwé par oiseau sorcier. Il marqua une pause, planta sur eux un regard calme et profond.

— Mais tout cela, mes enfants, ce ne sont que des idées reçues. Le hibou n'est que le gardien du silence. Il ne porte pas le mal

— il nous rappelle simplement que la nuit aussi a sa voix. Les neveux se regardèrent, à la fois rassurés et intrigués. L'un d'eux osa demander :

— On dit pourtant, tonton, que quand un hibou crie près d'une maison, quelqu'un va mourir... Agbodzi sourit doucement.

— C'est ce qu'on raconte, en effet, répondit-il. Mais réfléchissez : le hibou ne tue personne. Il ne fait qu'annoncer ce que nos peurs veulent entendre. C'est l'esprit humain qui donne sens aux choses, pas l'inverse.

Numeli, pensif, leva les yeux vers la cime du kapokier où l'ombre de l'oiseau se fondait dans la nuit.

— Peut-être, murmura-t-il, que le hibou ne prédit pas la mort, mais nous invite à écouter le silence... Agbodzi hocha la tête, fier du jeune garçon.

— Voilà, dit-il avec douceur. Écouter le silence, c'est déjà apprendre à penser. Leurs regards se perdaient dans les ombres de la cour, là où le feu de bois dessinait sur les murs des formes mouvantes. Assis à côté de Meli, Koffi se tortilla sur son siège, comme si une pensée brûlante le pressait de parler. Son père l'aperçut et dit doucement :

— Koffi, tu sembles agité... As-tu une question ? Le garçon leva les yeux vers lui, hésita un instant, puis répondit d'une voix grave :

— Oui, papa. Tant de choses nous échappent... Les chants Agbadza, les salutations, les danses de nos anciens ! Comment pourrions-nous y être initiés ? À l'école, nous apprenons le théâtre et le ballet venus d'ailleurs, mais jamais ce qui fait l'âme de notre terre. Même durant les semaines culturelles, nous n'en voyons qu'un aperçu fugace. Où pourrions-nous vraiment apprendre ? Agbodzi resta silencieux un long moment. Le crépitement du feu semblait ponctuer sa réflexion. Puis il parla, d'une voix lente et mesurée :

— Mon fils, ta question est belle et juste. La semaine culturelle peut, certes, être repensée. Mais au-delà, il nous faut rêver plus grand : bâtir des centres culturels, des lieux où les anciens transmettraient leur savoir aux jeunes ; où chants, danses et récits survivraient.

Un musée vivant, un sanctuaire de mémoire où nos traditions renaîtraient, sauvées de l'oubli. Koffi hocha lentement la tête, les yeux brillants d'espérance.

— Oui, papa... Ce serait une flamme que rien ne pourrait éteindre. Agbodzi posa une main sur son épaule, ému.

— Et cette flamme, murmura-t-il, c'est à vous de la garder allumée. La brise s'intensifia. Les flammes du foyer vacillèrent un instant, projetant leurs reflets dorés sur les visages attentifs. Au loin, le hibou cria de nouveau.

Mais cette fois, son chant n'inspirait plus la peur : il résonnait comme un signe d'assentiment, un lien invisible entre les vivants et ceux d'hier. Un vent léger se leva. La lune, à demi cachée derrière les nuages, éclairait la cour d'une lueur diaphane. La réunion s'achevait dans une paix silencieuse, comme si les mots d'Agbodzi avaient apaisé la nuit elle-même.

Cette nuit de mercredi, Ena et les garçons reprirent la route pour Gapolo. Akouvi regagna son campus. Agbodzi resta, comme un pilier, au milieu de la concession vidée. Une semaine durant, il veilla avec ses frères et sœurs à mettre de l'ordre dans les affaires du défunt. Papa Senyo, comme beaucoup d'hommes de sa génération, n'avait laissé aucun testament.

Alors, par acclamation silencieuse, Agbodzi et sa sœur Lawoè furent désignés comme curateurs. Un après-midi lors d'une réunion, Agbodzi suggéra qu'on engage un huissier pour établir un inventaire complet des biens et des dettes. La proposition fut acceptée. Ils convinrent aussi que leur mère Ama serait la première à être assistée. Le reste attendrait.

Agbodzi s'éclipsa discrètement pour échanger quelques mots avec leur mère, Ama, recluse dans l'observance stricte du veuvage, selon les rites anciens.

Lorsqu'il regagna la chambre, il surprit un léger brouhaha : ses frères et sœurs chuchotaient, amusés. Il s'interposa aussitôt, feignant la réprimande :

— Que murmurez-vous là, mauvaises langues ?

Lawoè, le sourire au coin des lèvres, prit la parole :

— Je te taquine, grand frère. Mais laisse-moi te dire à quel point je suis fière de ce que tu es devenu. Le calme et la sagesse dont tu as fait preuve durant ces jours sombres... Il y a quelques années encore, je ne t'aurais jamais imaginé ainsi. Vraiment, c'est admirable.

Les autres acquiescèrent en silence, opinant avec gravité.

Agbodzi répliqua, mi-sarcastique, mi-complice :

— Vous n'avez donc rien de sérieux à faire, mes chers orphelins ?

Puis, après un temps de pause, il ajouta plus posément :

— Nous sommes tous des œuvres inachevées, modelées par les conséquences de nos choix. Sans remise en question, il n'y a pas d'évolution possible.

La rudesse du veuvage traditionnel

Son regard se porta à travers la fenêtre, où sa mère, drapée de noir, arpentait la cour lentement, silhouette digne dans sa douleur. Il se mit à réfléchir à haute voix, la voix chargée d'émotion :

— Jadis, le veuvage féminin durait des mois, parfois davantage. Celui des hommes, lui, n'était qu'une formalité, expédiée en quelques jours. Les femmes, elles n'avaient même pas le droit de se couvrir le buste. Le pagne noir, noué à la taille, était leur unique parure.

Le veuvage tel qu'il était imposé autrefois aux femmes dans notre société relevait d'une véritable maltraitance institutionnalisée. Au chagrin du deuil s'ajoutait l'exigence d'un comportement ostentatoire de victime, destiné à susciter la pitié. Tout était codifié : un habillement sommaire laissant le buste découvert, l'interdiction de se coiffer, l'obligation de porter des sous-vêtements spécifiques. Même la liberté de mouvement était sévèrement restreinte. Dès l'annonce du décès, d'autres veuves — tristes « initiées » de ce sort — accouraient pour entourer la nouvelle éprouvée. Ce sont elles qui lui dictaient, sans détour, les règles à suivre et veillaient scrupuleusement à leur application.

La justification invoquée paraissait pour le moins singulière : on craignait que l'âme du défunt rôde autour de la maison et cherche à retrouver l'intimité conjugale avec son épouse, comme s'il ignorait sa propre mort. L'absurdité éclatait surtout dans le cas des couples âgés, chez qui tout désir charnel avait cessé depuis longtemps, mais où l'on redoutait malgré tout qu'un mari défunt recouvre soudain une virilité fantasmée.

Il soupira, comme pour chasser les ombres du passé.

— Nous avons fait du chemin. Mais il reste encore bien des pas à franchir.

— On dirait que tu deviens peu à peu la réincarnation de l'oncle Komlanvi... de son vivant, murmura Lawoè.

Tes paroles ont le même écho que les siennes.

Vraiment, nous sommes bénis d'avoir d'aussi grands esprits dans notre lignée.

Lawoè, les yeux rieurs, n'eut pas le temps d'en dire plus.

— Pardon, Lawoè, cesse un peu de me tresser des lauriers ! Je n'ai rien à t'offrir, rétorqua Agbodzi avec un sourire en coin.

Un éclat de rire franc et sonore jaillit alors dans la pièce, balayant toute tension.

La veille de son départ du village, Agbodzi prit soin d'en informer leur mère, Ama, et eut avec elle un long entretien, afin de s'assurer qu'elle trouvait peu à peu un équilibre émotionnel face au deuil. Ensuite, il conduisit une délégation formée de toute la fratrie présente pour aller présenter leurs remerciements aux notables d'Assigomé.

Depuis l'apparition de la maladie de leur père jusqu'aux obsèques, il s'était écoulé près de trois semaines durant lesquelles Agbodzi était resté dans la région de Lomé, loin de ses affaires et de son quotidien. Cette absence aurait été plus difficile à supporter s'il n'avait pas été maître de son temps. Le deuil, il le savait, exige beaucoup : il coûte en argent, en énergie, en heures, et surtout en émotion. Mais il y a, dans ce sacrifice silencieux, une valeur sentimentale qui justifie tout : elle rappelle, mieux que n'importe quelle philosophie, ce qui compte vraiment dans l'échelle des valeurs humaines.

La vie, se dit-il, ne prend sens que par les liens que nous tissons, par la part d'humanité que nous partageons avec ceux que nous aimons. Agbodzi ne regrettait donc pas un seul instant le temps qu'il avait consacré à l'adieu à son père. Tout étant désormais achevé, il se sentait prêt à reprendre le cours de sa vie, non sans ce sentiment de vide, celui d'une chaise de moins autour de la table. Demain, il reprendrait la route — avec, dans le cœur, ce mélange étrange de paix et d'absence que la mort laisse toujours derrière elle. Au petit matin, le village encore endormi baignait dans une brume légère.

Agbodzi chargea silencieusement ses affaires dans la voiture. Avant de refermer la portière, il leva les yeux vers la maison paternelle, dont le toit luisait sous la rosée. Un souffle d'air fit frémir les feuilles du manguier — comme une ultime bénédiction. Il eut un léger sourire, puis prit la route, laissant derrière lui l'écho d'une époque et le poids d'un héritage.

Sa Land Rover ronfla dans la cour, faisant fuir une bande de chiens errants. Il mit le contact, régla le volume, et la voix chaude de Louis Armstrong emplit l'habitacle. Un jazz ancien, un peu triste.

Sur une impulsion, il prit la route du campus. Akouvi l'attendait sans vraiment l'attendre. Elle venait de finir son dernier cours de santé publique. La surprise la fit sourire. Ils échangèrent quelques mots, des nouvelles, des projets. Elle savait que son père veillait, de loin, comme une étoile discrète mais constante.

Puis il resta en ville pour régler des affaires en suspens : quelques courses, et une rencontre avec l'expert-comptable afin de revoir son projet.

Il termina tard dans la soirée.

Lorsqu'il reprit la route, la nuit était déjà tombée.

Quarante kilomètres de bitume avalés en moins d'une heure. Une performance ! Mais à la sortie de la route goudronnée, ce fut une autre histoire. Les flaques, la boue, les nids-de-poule. Agbodzi pesta. Des jurons lui échappèrent malgré lui, heurtant le rythme de la musique comme un contretemps rageur. Par endroits, la route latéritisée offrait de brèves échappées où il pouvait accélérer avec un bonheur presque instinctif. Au détour d'un virage, les phares fendirent la nuit et figèrent un troupeau de biches surprises en plein passage. Une seconde suspendue, fragile, avant le désordre :

les bêtes s'égaillèrent dans une fuite affolée. Agbodzi écrasa la pédale de frein. Le véhicule se cabra légèrement, soulevant un nuage de poussière qui enveloppa le véhicule avant de retomber lentement, comme un rideau qui se referme sur le silence revenu. Il arriva tard dans la nuit, épuisé mais lucide — cette lucidité nerveuse qui précède toujours les grands tournants.

Les jours qui suivirent le deuil eurent, pour Agbodzi, un goût ambivalent : tantôt normaux, tantôt vides, tantôt mélancoliques. Le décor n'avait pourtant pas changé, mais le reflet qu'il en recevait s'était profondément métamorphosé. La mort de son père avait rouvert en lui un espace de réflexion, un silence habité.

Il comprenait mieux que jamais que la continuité d'une existence ne se mesure pas en années vécues, mais en traces laissées. L'héritage véritable n'est ni matériel ni quantifiable ; il se loge dans la manière d'être au monde, dans la façon d'aimer, d'écouter, de comprendre.

Souvent, il se surprenait à murmurer : la vie continue. Et il ajoutait, comme pour se rassurer : chaque vie est une partition à jouer jusqu'à la dernière note.

Peu à peu, il reprit ses activités : d'abord avec lenteur, puis avec une ardeur nouvelle. Les gestes simples du quotidien — saluer un voisin, marcher dans la cour, écrire une note — retrouvaient un sens profond, presque sacré. Tout lui rappelait que chaque instant, aussi ordinaire soit-il, pouvait devenir une prière silencieuse à la mémoire de ceux qui ne sont plus. C'est dans cet état d'esprit qu'il rouvrit le dossier de son projet. Les pages qu'il avait laissées sur la table avant la maladie de son père reprirent vie sous ses doigts. Les chiffres, les plans, les cartes n'étaient plus seulement des outils de travail ; ils devenaient le prolongement d'un devoir moral. Construire, désormais, signifiait rendre hommage. Créer, c'était perpétuer.

Il recontacta ses partenaires aux États-Unis et en Europe, relança les échanges, programma de nouvelles réunions. Quelque chose, en lui, venait de se refermer, mais une autre porte s'était ouverte — celle d'une force plus discrète, faite de patience et de lucidité.

Le deuil n'était plus une fin, mais une source. Et de cette source allait jaillir une perspective nouvelle.

Chapitre 5

RENAISSANCE ET PERSPECTIVE

Dans le silence de la nuit, une idée lui traversa l'esprit, claire comme une évidence : si son projet devait tenir, il lui fallait d'abord une route. Une vraie. Une route qui tienne.

Le lendemain matin, il réunit son équipe. Le vieux Amétépé, fidèle au poste, prit place à ses côtés. Agbodzi annonça qu'il reprogrammait son départ pour les États-Unis : le 11 juin 2006.

À la radio et à la télévision, tout le monde parlait de la même chose : la participation du Togo à la phase finale de la Coupe du monde. Une première. Une lueur dans le tumulte.

Au départ, ce fut un élan de fierté nationale, un souffle qui traversa tout le pays.

La qualification historique de l'équipe nationale avait fait vibrer les rues, rempli les bars de chants et coloré les marchés des couleurs du drapeau.

On y voyait l'œuvre conjuguée de talents rares : Sheyi Adebayor, l'attaquant flamboyant d'Arsenal, insaisissable balle au pied ; le gardien Agassa, solide comme un rempart ; et, derrière eux, l'autorité bienveillante mais ferme de Stephen Keshi, artisan d'une cohésion qu'on croyait inébranlable.

Mais la ferveur se fissura vite.

Sous la clameur des supporters, on entendit bientôt le froissement amer des affaires non réglées : primes promises mais jamais versées, tractations opaques, et surtout cette querelle, ouverte, entre l'entraîneur et son attaquant vedette.

Les journaux en faisaient leurs gros titres, les radios en débattaient avec passion, et les supporters, eux, passaient de l'enthousiasme à l'inquiétude.

La rupture arriva.

Keshi, remercié après une CAN (Coupe d'Afrique des Nations) décevante en Égypte, laissa sa place à l'Allemand Otto Pfister.

Son arrivée aurait pu raviver la flamme… mais, à quelques jours seulement du coup d'envoi du Mondial, Pfister claqua la porte.

Il revint sur sa décision, certes, mais le geste avait brisé quelque chose : la confiance, déjà fragile, s'évapora.

Dans les rues, on parlait encore de l'exploit, mais sur un ton moins assuré.

Certains gardaient l'espoir au fond du cœur, comme on garde une bougie allumée dans la nuit.

D'autres, plus nombreux, savaient déjà que le rêve allait se heurter au mur de la réalité.

Le voyage d'Agbodzi se déroulait en plein mondial.

L'itinéraire du vol prévoyait une escale à Paris, avant de poursuivre vers Washington. Le décollage de l'Air France était programmé à 20 h 30.

Agbodzi arriva à l'aéroport bien en avance. Après avoir effectué les formalités douanières et enregistré ses bagages, il se retrouva avec un peu plus d'une heure devant lui. Il la consacra à un moment de répit avec sa famille, attablé dans un des restaurants du hall. L'odeur mêlée de café et de viennoiseries flottait dans l'air, ponctuée par le va-et-vient des valises à roulettes et les conversations en plusieurs langues.

Soudain, la voix métallique des haut-parleurs s'imposa au brouhaha :

« Les passagers du vol Air France à destination de Paris Charles-de-Gaulle sont informés que l'embarquement commencera dans 30 minutes. »

Les regards échangés disaient tout :

Le temps des adieux était arrivé. Agbodzi embrassa chacun, un à un, serrant les épaules, retenant les mots inutiles. Puis il franchit les détecteurs de métaux et se prêta au ballet des contrôles de sécurité, avec ses files sinueuses et ses bips mécaniques. Peu après, l'avion s'arracha du tarmac, s'inclina légèrement et disparut dans la ouate des nuages.

Pendant ce temps, Ena reconduisit Akouvi à la villa des étudiants, à deux pas du centre hospitalier universitaire Sylvanus Olympio, avant de prendre la route vers Gapolo.

À bord, Agbodzi aperçut un visage familier dans l'allée : l'agent d'Ecobank, celui avec qui il avait échangé au sujet de son projet d'extension de la foire de Gapolo, resté sans suite.

— Ah, Monsieur Agbodzi Nuworzan, comment allez-vous ? Vous nous avez désertés. Et la ferme ?

— Tout va bien, merci. Je ne vous ai pas désertés, mais il devenait trop difficile de collaborer avec vous. Je n'ai pas trouvé la réceptivité que j'attendais.

— Je reprendrai votre dossier à mon retour, j'en parlerai à mon fondé de pouvoir. Je vous tiendrai informé. Vous allez à Paris aussi ?

— Non, je fais escale à Paris, mais ma destination finale est Washington DC.

Ils échangèrent une poignée de main, puis chacun rejoignit son siège. Dehors, la lumière déclinait doucement. Les six heures de vol vers Paris se déroulèrent sans le moindre incident, portées par le ronronnement régulier des réacteurs et le silence studieux des passagers.

Dans la cabine assoupie, Agbodzi fixa un moment le hublot. Les lumières lointaines des villes semblaient des constellations posées sur la terre. Il songea que chaque voyage, comme chaque vie, n'est qu'une succession de départs et de retours, de nuages traversés et d'horizons à découvrir.

L'escale à Paris ne dura que deux heures, mais elles suffirent à installer une drôle de sérénité.

Agbodzi, presque amusé, se surprit à remercier silencieusement le ciel : aucune grève surprise, aucun retard de dernière minute — rare privilège pour qui transite par Roissy !

Le temps passa vite, comme un souffle.

Une brève conversation avec Ena, quelques phrases échangées à la hâte, puis il enregistra un message vocal pour son ami Messan Ganyo, à Potomac, dans le Maryland.

Sa messagerie et son compte Skype débordaient de notifications, reflets d'un monde qui, même à distance, ne cessait de frapper à la porte. Il balaya l'écran du doigt, s'attarda sur les messages les plus urgents, laissant les autres en suspens comme on range des lettres à ouvrir plus tard.

L'odeur chaude du café et celle, entêtante, des parfums se mêlaient dans l'air conditionné du terminal.

Devant l'étalage lumineux d'un duty-free, il hésita, puis choisit deux flacons Christian Dior et quelques boîtes de chocolats, promesses de gratitude à offrir à ses hôtes. La météo, pour Washington, D.C, s'annonçait clémente : ciel clair, lumière franche, trente-deux degrés attendus.

Lorsqu'il s'installa dans l'Airbus d'Air France, par cette matinée éclatante du 12 juin, il comprit qu'il était impossible d'échapper à la fièvre du Mondial. Les écrans, suspendus comme des lucarnes ouvertes sur un autre monde, déversaient sans relâche les buts marquants, les statistiques, les éclats de voix enflammés des commentateurs. Même au-dessus des nuages, la planète semblait rythmée par un ballon rond.

À 6 h 05, le grondement des réacteurs monta comme un battement de cœur. L'avion s'élança, et Agbodzi, regard fixé sur le hublot, sentit la piste s'effacer sous lui. Le voyage reprenait, et avec lui, l'inconnue de ce qui l'attendait de l'autre côté de l'Atlantique.

Agbodzi ouvrit son ordinateur portable avec la lenteur d'un homme qui manipule un objet fragile, presque sacré. Sur l'écran, le plan de son projet l'attendait, patiemment poli au fil des semaines, comme une pierre précieuse que l'on taille à la lumière. La dernière mouture prévoyait, entre autres, le pavage de la route reliant Gapolo à la nationale n° 1, longue de 30 kilomètres. Il vérifia ses calculs avec une rigueur de comptable, aligna les chiffres, fixa le total final comme on jauge un sommet lointain. Son objectif se résumait en une fraction nette : atteindre au moins le quart de cette somme.

Un son métallique fendit soudain le murmure ouaté de la cabine : ding-dong.

— Mesdames et Messieurs, ici votre commandant de bord. Nous traversons une zone de turbulences. Veuillez regagner immédiatement votre siège et attacher votre ceinture.

L'avion se mit à vibrer, secoué comme une barque par une houle invisible. Les passagers se figèrent, les gobelets cliquetèrent. Agbodzi, lui, sentit un frisson familier : cette instabilité dans les airs ressemblait étrangement à celle du pays qu'il voulait convaincre d'investir dans son rêve. Puis, aussi vite qu'elles étaient venues, les secousses cessèrent. La quiétude revint, et avec elle, le fil de ses pensées.

Il savait que la banque verrait, dans ses chiffres et ses prévisions, la marque d'un projet solide. Mais la vraie question demeurait : quelle était la force réelle de ses partenaires ? Il relut les derniers messages, son agenda déjà saturé de rendez-vous, la plupart dans le salon de Messan Ganyo.

Messan…

Ancien économiste au gouvernement togolais, aujourd'hui cadre au FMI à Washington, il portait toujours en lui la fièvre de l'entrepreneuriat. Ils avaient déjà travaillé ensemble, dans une société finalement vendue à un concurrent mieux introduit auprès du pouvoir. De cet épisode, Agbodzi avait retenu une leçon amère : au pays, le pouvoir judiciaire n'avait rien d'un arbitre impartial. Un mot trop franc, une position jugée hostile au régime et un redressement fiscal tombait le lendemain, implacable comme un verdict écrit d'avance.

Il pensa aussi aux autres.

Ayélé, l'épouse de Messan, infirmière dans deux maisons de retraite, cherchait à investir une part de son épargne-retraite 401(k) dans une initiative prometteuse.

Toyi Agba, vieil ami et agronome formé au pays, avait quitté le Togo depuis plus de dix ans. La reconversion espérée aux États-Unis n'était jamais venue ; il travaillait désormais comme agent de sécurité. Sa silhouette trapue, sa barbe en bouc piquée de gris dissimulaient mal un humour intact, forgé dans la camaraderie d'antan.

Et puis il y avait Ekoué Anoumou, manager dans un McDonald's, et son épouse Amivi, spécialiste de l'emploi des personnes handicapées, qui complétaient le cercle de Washington DC.

Un autre groupe de potentiels investisseurs était basé à New York.

Le cliquetis du chariot de service interrompit ses pensées. Il referma son ordinateur, accueillit son plateau. Un verre de vin pour titiller ses méninges, du poulet et du riz pour calmer la faim. La viande, tendre et parfumée, lui arracha un sourire amusé. Ce poulet ne vient sûrement pas de la FAG, pensa-t-il, songeant à la réputation de sa propre ferme pour ses produits bio.

En classe économique, Agbodzi comprit aussitôt qu'il n'allait pas voyager seul : son voisin de siège avait la générosité physique d'occuper deux places pour le prix d'une. Les accoudoirs, transformés en simples suggestions décoratives, disparurent sous la pression de ses bras débordants. Prisonnier de cet encombrement humain, Agbodzi se consola en songeant qu'il avait choisi ce sort : voyager sobrement pour donner l'exemple d'une gestion rigoureuse. Un projet en quête de capitaux ne pouvait souffrir les caprices de la première classe. L'homme, trapu comme un tronc d'arbre, portait un cou si rétracté qu'on aurait dit qu'il s'était égaré dans sa propre poitrine. Quant à son ventre, il menait la charge avec l'assurance d'un conquérant, écrasant le siège minuscule qui, stoïque, résistait tant bien que mal. Puis vint le repas, englouti avec une efficacité qui laissait deviner une longue expérience des plateaux-repas aériens.

Sitôt l'estomac lesté, le passager sombra dans un sommeil profond, et c'est alors qu'éclata le véritable drame : un ronflement

91

homérique, tantôt grondement de tonnerre, tantôt râle de volcan, ponctué de silences inquiétants où l'on croyait sa poitrine en grève. Toute la rangée retint son souffle, avant d'être brutalement réveillée par une reprise sonore digne d'une fanfare. Agbodzi, partagé entre la pitié et l'envie de rire, se demanda si le pilote n'allait pas finir par annoncer l'atterrissage d'urgence… pour cause d'apnée à bord.

Agbodzi se rappela un article qu'il avait lu récemment dans un magazine. Il y était question de l'apnée du sommeil, une affection fréquente chez les personnes obèses. L'auteur y soulignait ses conséquences insidieuses sur la survenue de l'hypertension artérielle et du diabète. L'illustration qui accompagnait l'article ressemblait étrangement à son voisin de voyage. Il devrait consulter un médecin au plus vite, songea-t-il, sans toutefois oser formuler cette pensée à voix haute.

Sur l'écran du plan de vol, une ligne lumineuse avançait vers sa destination. Encore deux heures avant l'atterrissage. Deux heures avant que ses calculs, ses doutes et ses espoirs ne se posent eux aussi, quelque part entre la piste et le destin.

Le ronronnement des réacteurs se fit plus grave. L'annonce du commandant résonna dans les haut-parleurs, et, aussitôt, un frisson parcourut la cabine : « Ladies and gentlemen, we are now beginning our descent. »

Agbodzi, la fiche de contrôle sanitaire entre les mains, cocha méthodiquement les cases le concernant. L'avion s'inclina légèrement. Par les hublots, un mur de nuages apparut, avalant la lumière.

Puis, comme un rideau qui s'ouvre, le sol se révéla — d'abord flou et lointain, puis de plus en plus net : les toits des bâtiments, les routes tissées comme des fils noirs, les voitures minuscules glissant sur l'asphalte. Un claquement sec rompit le silence tendu : le train d'atterrissage venait de sortir. Quelques secondes plus tard, les pneus embrassèrent le tarmac dans un rebond amorti, et la cabine se remplit du grondement sourd de la décélération.

L'avion s'immobilisa enfin devant la passerelle. L'hôtesse de l'air annonça la sortie, et aussitôt, les loquets des coffres à bagages claquèrent en cascade. Les passagers se pressèrent, formant un long serpent humain qui s'étira dans le couloir vitré. Au bout, un immense panneau proclamait : WELCOME TO WASHINGTON DULLES INTERNATIONAL AIRPORT.

Des flèches lumineuses guidaient vers les contrôles. Deux files se formaient : l'une pour les détenteurs de passeport américain, l'autre pour les visiteurs.

Le tour d'Agbodzi vint bientôt devant la cabine de l'officier d'immigration, qui lui lança d'une voix neutre :

— Mr. Agbodzi Nuworzan, what's the reason of your visit?

— Tourist visit, sir.

L'agent, visiblement satisfait, nota l'adresse de ses hôtes et, avec un léger sourire, le félicita pour la clarté de son anglais. Tout s'était déroulé sans la moindre tension.

— Please look into the camera there, without your glasses, sir.

Restait la dernière étape : le carrousel à bagages, puis le passage en douane. Agbodzi savait que ses valises, exemptes de tout produit alimentaire ou agricole, ne lui causeraient aucun souci. Il inspira profondément : la porte d'entrée vers la métropole de Washington venait de s'ouvrir.

Valise en main, Agbodzi se dirigea vers la sortie des transports terrestres. Son regard accrocha aussitôt la silhouette familière d'un SUV noir, un Acura MDX, que Messan fit avancer jusqu'à lui. Descendant avec empressement, ce dernier s'empressa de charger la valise et le briefcase. Une accolade sincère, lourde de retrouvailles, les unit un instant, puis Agbodzi prit place sur le siège avant, auprès de son compagnon. Ce voyage n'était pas son premier en terre américaine.

Bientôt, la voiture s'engagea dans le dédale des rues et des autoroutes. La 495, le Beltway, fidèle à sa sinistre réputation, les retint dans une procession lente, où les véhicules s'effleuraient pare-chocs contre pare-chocs, avançant à peine à vingt kilomètres à l'heure. Ce ne fut qu'à la jonction de la 270 qu'un même soupir de délivrance s'échappa de leurs lèvres. Ils arrivèrent trois quarts d'heure plus tard devant la demeure des Messan, vaste bâtisse de Potomac, sur Bells Ridge Terrace, dotée d'un garage double et d'un espace de stockage attenant. En cette fin de matinée, Ayélé, l'épouse de Messan, n'était pas encore rentrée. Messan, avec la simplicité de l'amitié, offrit d'abord à son hôte un verre d'eau comme le veut la tradition en Afrique. Après quelques mots échangés sur le vol, il l'accompagna à l'étage, dans la chambre d'amis.

Agbodzi mit ce temps à profit pour se délasser sous une douche réparatrice. Quelques instants plus tard, il descendit. Messan avait dressé un déjeuner simple mais soigné pour eux deux. Le football, fidèle compagnon des conversations, s'invita encore une fois à leur table.

— Agbodzi, demanda Messan en ouvrant le ban, que disent les gens à Lomé des chances des Éperviers, notre équipe nationale ?

— Pour être franc, répondit Agbodzi, personne n'attend vraiment de miracle. Bien sûr, quelques fanatiques y croient dur comme fer, mais c'est plus un souhait qu'un véritable espoir.

— Nous sommes à quelques heures du premier match contre la Corée du Sud… c'est la veillée d'armes, lança Messan dans un éclat de rire. Pour accompagner le repas, Messan fit surgir une bouteille de sodabi, liqueur africaine distillée du vin de palme, qu'il avait rapportée du Togo l'été précédent. L'apéritif réchauffa l'atmosphère et donna plus de saveur encore au riz au gras, dégusté avec une pointe de voracité.

— Ton sodabi est fameux, Messan, fit remarquer Agbodzi.

— Tout à fait, confirma son hôte. Je suis allé moi-même à l'usine, à Adangbé. Là-bas, ils ont encore de vrais palmiers. Après le repas, Agbodzi rappela à son ami les grandes lignes de son programme. Messan, confiant, l'encouragea.

— Ton projet est solide. Je n'ai aucun doute que nous trouverons des partenaires. Tu as raison de privilégier les capitaux nationaux. Si jamais cela ne suffisait pas, nous pourrions faire appel à un appoint extérieur.

— Mon objectif, reprit Agbodzi, est de rassembler au moins la moitié du budget estimatif. Les banques, une fois rassurées sur la solidité de nos ressources, se lanceront sans hésiter.

Comme je te l'avais dit, expliqua Messan, je travaille avec certains opérateurs économiques américains qui croient en l'Afrique. Par exemple, Charles Smith — dont nous avons déjà parlé — fut diplomate en poste dans plusieurs pays africains, notamment au Libéria et au Nigéria, avant de devenir investisseur international. Il se montre très enthousiaste à propos du projet tel que nous l'avons planifié. Il a déjà réalisé des investissements fructueux au Nigéria. Nous avons rendez-vous avec lui le 19 juin.

— Exactement dans une semaine, répliqua Agbodzi, l'œil pétillant.

— Ayélé reviendra vers dix-sept heures, ajouta Messan. Quant à nos deux filles, elles sont restées sur le campus cet été pour suivre des cours intensifs.

— Voilà déjà un avant-goût de la maison vide qui t'attend dans quelques années, lança Agbodzi avec un sourire malicieux.

— Tu n'as pas exagéré, cher ami, répondit Messan en éclatant de rire. Les Américains ont même inventé une expression pour ça : ils parlent du « syndrome du nid vide ». Nous, on dirait plutôt « la maison qui sonne creux ».

Ayélé rentra autour de dix-huit heures. Comme c'était l'été, le soleil baignait encore la maison, et ne déclinait qu'aux alentours de vingt et une heures. Dans le salon résonnait toujours la conversation entre son époux et Agbodzi. Après les salutations coutumières, elle se dirigea vers la cuisine. Agbodzi, mû par une délicatesse fraternelle, l'y rejoignit et lui tendit un petit sac. Elle l'ouvrit, et ses yeux s'illuminèrent.

— Oh... Christian Dior ! s'exclama-t-elle, la voix vibrante de joie. Ce parfum, je l'adore ! C'est sûrement Ena qui t'en a soufflé le secret... Merci, merci beaucoup, tonton Agbodzi. Le parfum, éphémère en ses effluves mais durable en sa symbolique, sembla sceller un lien invisible entre eux, témoignage discret de proximité et d'attention. Un dîner léger réunit ensuite les trois convives. Dans l'atmosphère feutrée du soir, Ayélé, le regard animé d'une flamme intérieure, laissa échapper une réflexion empreinte de gravité :

— Ce projet de la FAG est un joyau, dit-elle avec ferveur. Mais prenons garde à ce qu'il ne devienne pas un lieu de débauche, où des hommes fortunés viendraient s'égarer avec de jeunes filles qui ne sont pas leurs épouses. Ses mots résonnèrent avec la clarté d'une cloche lointaine. Les deux hommes, saisis par la lucidité de cette voix féminine, marquèrent une pause.

— Tu poses là, répondit son époux, une question essentielle : celle de la considération sociale dans l'entreprise économique. L'idée m'avait déjà effleuré l'esprit, mais je n'y ai jamais accordé le temps qu'elle méritait.

Agbodzi acquiesça d'un signe de tête :

— Oui, l'hôtellerie prête souvent le flanc aux dérives, dit-il doucement. Mais ce n'est là qu'un reflet d'un phénomène social plus vaste, plus complexe. J'en viens d'ailleurs à songer à une association dédiée à l'éthique sociale, avec laquelle nous pourrions collaborer. Sans paraître moralisatrice, elle pourrait organiser des conférences et débats sur les valeurs familiales et sur la prévention des infections sexuellement transmissibles. Je crois que de telles associations existent déjà dans le pays : il serait donc judicieux, et bénéfique pour notre image, de les soutenir dans leurs engagements qui rejoignent nos propres préoccupations.

Sa voix s'éteignit peu à peu, comme happée par le silence. Le voyage, le décalage horaire, le poids des jours le rattrapaient. Vers vingt et une heures, il se leva, s'excusa avec politesse et gagna sa chambre. Là, dans la solitude apaisée, il consulta une dernière fois son emploi du temps, régla son réveil, et se laissa gagner par la pensée de la rencontre du lendemain avec ses compatriotes de Washington DC. La nuit, complice des songes, l'enveloppa bientôt de son voile.

Agbodzi échangea une seconde fois avec son épouse depuis son arrivée la veille, puis rejoignit ses hôtes au petit déjeuner. Le couple partait travailler, mais serait de retour en soirée pour la réunion des partenaires du projet. En attendant son rendez-vous fixé à 11 h 30 avec un exploitant agricole, Agbodzi suivit le premier match historique du Togo en Coupe du monde contre la Corée du Sud. L'amertume fut grande : malgré l'ouverture du score, l'indiscipline et le manque de préparation condamnèrent l'équipe, battue 1 à 2.

Ponctuel, le taxi l'emmena vers une grande ferme de Germantown dans la banlieue nord de Washington. À l'entrée, Mr. Clark l'attendait. Après une poignée de main et quelques mots échangés, il le guida vers sa maison puis dans ses champs. Le soja, semé serré, ne laissait aucune herbe indésirable pousser. Les silos de maïs, les entrepôts de foin et les machines John Deere complétaient le tableau. La visite s'acheva sur des échanges techniques, avant que le taxi, fidèle au rendez-vous, ne le ramène à la maison.

Agbodzi s'était préparé avec soin pour la réunion. Messan et son épouse étaient revenus à 17 heures, et la rencontre était fixée à 19 heures. Dès 18 heures, les premiers invités commencèrent à affluer. Toyi fut le premier à se présenter. Il connaissait Agbodzi depuis son passage à l'École supérieure d'agronomie, lors d'un stage d'un mois à Gapolo, et ils avaient depuis conservé de bons rapports. Toyi nourrissait toujours l'espoir de revenir un jour à l'agriculture.

Comme souvent dans ce genre de retrouvailles, la discussion préliminaire prit rapidement une tournure footballistique. On autopsia le match perdu dans la journée par les Éperviers, l'équipe nationale du Togo. Le verdict était unanime : l'amateurisme de la préparation expliquait l'échec. Rien de nouveau, pourtant chacun s'y laissait aller, comme si l'on attendait toujours un miracle de l'attaquant vedette, Adebayor.

À dix-neuf heures précises, tout le monde était installé. Messan ouvrit la séance en rappelant l'ordre du jour unique : la participation financière de la diaspora togolaise au projet de construction d'un complexe hôtelier sur le site de la Foire agricole de Gapolo (FAG). Il présenta ensuite Agbodzi, qui avait déjà pris soin de tenir informés les participants lors d'échanges préliminaires.

Avec l'aide de supports audiovisuels, Agbodzi prit la parole. Après avoir chaleureusement remercié l'assistance, il retraça l'historique de la foire, née de sa ferme. Des graphiques illustraient la fréquentation depuis sa création, les prévisions d'avenir et la provenance des visiteurs. Il expliqua la nécessité de doter la foire d'infrastructures d'accueil à la hauteur de ses ambitions, avant de livrer sa vision : faire de la FAG une vitrine de l'agriculture et du tourisme togolais, voire ouest-africain. Puis, chiffres à l'appui, il détailla le plan de financement, insistant sur l'importance de privilégier un apport essentiellement togolais. Conférencier expérimenté, il scrutait les réactions et se réjouissait de l'accueil favorable qu'il percevait. Le plan d'affaires et la répartition des dividendes étaient exposés avec précision. Lorsqu'il conclut par un sobre :

« Le Togo a perdu aujourd'hui sur le terrain de football, mais avec ce projet, je suis convaincu que notre pays sera gagnant. Je vous remercie », un tonnerre d'applaudissements résonna.

Messan reprit la parole en modérateur :

— En tant qu'économiste, je puis affirmer que nous avons devant nous un dossier limpide et solidement documenté. Je remercie notre frère pour sa fibre patriotique.

— Le Togo a perdu aujourd'hui sur le terrain de football, reprit Agbodzi, mais avec ce projet, je suis convaincu que notre pays sera gagnant.

Toyi intervint à son tour, rappelant sa première rencontre avec Agbodzi une décennie plus tôt :

— J'avais été impressionné par son éthique de travail, sa rigueur et surtout son humanisme. Je tiens aussi à saluer l'intégration entre la ferme et la foire. La production de biogaz et le recyclage déjà inclus dans le plan d'exploitation, me paraissent être des pistes d'avenir remarquables. Les interventions s'enchaînèrent, chacun exprimant son enthousiasme et son engagement à soutenir le projet. À l'issue de la rencontre, un plancher de 350.000 dollars fut annoncé. On s'attendait à ce que la somme augmente à mesure que de nouveaux partenaires seraient approchés.

Le jeudi 15 juin, Agbodzi s'élança vers New York. Tôt le matin, Messan l'avait conduit jusqu'à Washington DC, d'où il prit place à bord d'un train Amtrak. Ce n'était pas le TGV de l'Europe, mais le confort intérieur suffisait à éveiller en lui une douce impatience. À 7 heures précises, le train s'ébranla.

Agbodzi chérissait les voyages ferroviaires. Ils offraient ce spectacle mouvant que seule la fenêtre d'un train sait encadrer : les champs ondoyant sous la brise, les collines qui s'étiraient comme des vagues immobiles, les villages surgissant puis disparaissant dans un clignement d'œil.

Chaque arrêt apportait son lot d'émotions : des voyageurs qui montent ou descendent, des embrassades bruyantes, des adieux suspendus dans le tumulte des quais. Entre deux paysages happés par son regard, il tourna les pages de « Le monde s'effondre » de Chinua Achebe, l'unique livre qu'il avait choisi comme compagnon de route. L'exubérance verte de la végétation, les vallées profondes et les monts élancés l'impressionnaient par leur majesté tranquille.

À Philadelphie, une passagère monta et prit place en face de lui. Femme élégante, la cinquantaine, sourire à la fois franc et intimidant. Agbodzi, fidèle à sa galanterie, engagea la conversation. Bientôt, les mots se déroulèrent comme une rivière claire : elle évoqua ses voyages en Tanzanie, ses expériences dans le tourisme, ses circuits organisés en Afrique et en Asie. Le temps s'effaça dans l'échange, et quand vint le moment de se quitter, ils s'échangèrent leurs contacts comme deux voyageurs qui savent que les routes peuvent toujours se recroiser. Quatre heures passèrent comme un souffle. L'annonce de l'arrivée à Penn Station résonna.

À la descente, Agbodzi se trouva happé par une foule compacte, véritable marée humaine. Il décida de musarder à Manhattan avant de gagner Jamaica, dans le Queens, où l'attendait son séjour. New York, malgré ses précédentes visites, conservait ce pouvoir d'émerveillement. Times Square s'imposa à lui comme une scène de théâtre géante, saturée de lumières et d'écrans où dansaient les publicités du monde entier. Il poussa la porte de quelques magasins chics et, en mari attentionné, choisit à Saks on Fifth Avenue de petits présents qui feraient sourire son épouse. Vers midi, il s'installa dans un Subway, composa son sandwich et en goûta la fraîcheur simple mais plaisante. Puis, reprenant sa marche, il aperçut l'entrée du métro. Quelques minutes plus tard, il se trouvait sur Bushwick Avenue. Il sonna à une porte familière.

Kangni Sokpo apparut, sourire éclatant. Les retrouvailles furent éclaboussées de rires et de sobriquets : « Azé kpon » qu'on peut traduire en français par « le lion sorcier », un baratin amical.

L'accolade fut chaleureuse, vibrante comme un écho du passé. Le salon où il fut conduit respirait la modestie coquette d'une townhouse, soignée dans ses détails. Kangni, désormais superviseur dans une entreprise de construction, avait su gravir les échelons avec persévérance. Son épouse, Aminata, infirmière d'État, partageait avec lui cette dignité de travailleurs accomplis. Leurs trois enfants grandissaient : deux déjà au lycée, le cadet encore au middle school (équivalent de collège), mais chacun porteur de l'avenir dans ses yeux.

La réunion de New York était fixée à 20 heures. Comme à l'accoutumée, quelques minutes furent d'abord consacrées à commenter l'actualité sportive, au grand désarroi des dames. Puis la séance débuta, animée avec l'appui d'un support audiovisuel. L'assistance, composée de sept hommes et trois femmes, se montra captivée. Parmi eux, Adakou Anoumou, infirmière et entrepreneure à la tête d'une petite société de placement d'infirmiers en maisons de retraite, prit la parole. C'était la première fois qu'Agbodzi la rencontrait. Après s'être brièvement présentée, elle lança sans détour :

— Monsieur Agbodzi, excusez-moi Monsieur Nuworzan, quelle est votre position politique et quels sont vos rapports avec le gouvernement togolais ? Pris de court, Agbodzi répondit avec calme :

— Merci, madame, pour cette pertinente question. Tout d'abord vous pouvez m'appeler Agbodzi, sans protocole. La plupart ici me connaissent à travers mon militantisme pour l'avènement de la démocratie dans notre pays. Je me suis toujours gardé d'afficher une étiquette partisane, ce qui m'a d'ailleurs valu bien des déboires. Mais je demeure convaincu que la démocratie, lorsqu'elle est sincère, reste la meilleure organisation politique. Si elle peine à fonctionner chez nous, ce n'est pas par défaut de modèle, mais à cause d'un manque criant de patriotisme.

Il développa son idée : les ressources nationales, dilapidées ou bradées au profit d'intérêts particuliers, témoignent d'une conception erronée de la chose publique. « Fiaha », la chose publique, est trop souvent considérée comme un res nullius, que ceux qui détiennent le pouvoir peuvent s'approprier. D'où ce dicton : la chèvre broute là où elle est attachée. Mais, ajouta-t-il, les agents de l'État ne sont pas attachés. Ils ne sont pas non plus des chèvres. Ils sont libres, recrutés non pour survivre biologiquement, mais pour mettre leur expertise au service de la nation.

Puis il enchaîna : « Vous avez probablement entendu parler de contrats léonins, ces accords grossièrement défavorables à nos pays, signés par certains dirigeants en échange de promesses de longévité au pouvoir ? Cette propension à vouloir s'éterniser au pouvoir par des subterfuges légalisés n'est rien d'autre qu'un aveu de jeu trouble que l'on veut dissimuler jusqu'à sa mort. »

Après un silence, il poursuivit avec vigueur : « Voici ce que nous devrions entreprendre : d'abord, éduquer nos enfants dès le plus jeune âge aux droits et devoirs civiques, et poursuivre cette éducation jusqu'au baccalauréat. Ensuite, instaurer pour les agents de l'État une formation civique continue, annuelle, sanctionnée par une évaluation prise en compte dans leurs promotions. Enfin, confier l'organisation des élections à une entité indépendante, composée d'universitaires issus des disciplines des chiffres et de la sociologie. »

Il évoqua aussi la corruption facilitée par des investisseurs étrangers, la fragilité des entrepreneurs locaux étranglés par des taxes disproportionnées. « La gouvernance, dit-il, devrait susciter l'envie d'entreprendre, mais chez nous, elle décourage. Pourtant, je reste optimiste : une génération véritablement patriote et visionnaire suffirait à sortir nos pays de la torpeur. Vous en êtes les porteurs d'espérance. La réunion de ce soir en est la preuve la plus éclatante. »

L'assistance se leva d'un seul mouvement pour l'applaudir. À l'issue de la rencontre, trois cent mille dollars furent promis au projet. Agbodzi prit soin de transmettre les coordonnées bancaires de Citibank. Il passa la nuit chez son hôte Kangni. Son programme prévoyait, pour le 16 juin au matin, une visite du World Trade Center avant de reprendre le train à 14 heures. En consultant enfin ses messages, il constata qu'aucune urgence ne l'attendait : Ena tenait les rênes, et Amétépé lui annonçait simplement la naissance de dix agneaux sans incident. Le sommeil fut bref. À l'aube, Agbodzi partagea avec ses hôtes un copieux petit déjeuner.

Il remit à Aminata un petit sac contenant le parfum Christian Dior rapporté de son escale à Paris. Le visage de la dame s'illumina aussitôt d'une joie sincère. Peu après, Kangni le raccompagna jusqu'à la station de métro, située à trois blocs de la maison. Les adieux se déroulèrent dans une atmosphère empreinte de chaleur et de promesse.

Agbodzi arriva au World Trade Center à 8 h 30. La dernière fois qu'il s'y était rendu, en 1999, le lieu bourdonnait d'hommes d'affaires, de pas pressés, de conversations téléphoniques. Aujourd'hui, c'était le silence, le vide, presque une absence palpable. Les images du 11 septembre 2001 revenaient à l'esprit : deux avions commerciaux détournés, projetés contre ces tours qui semblaient pourtant invincibles. L'effondrement avait marqué la mémoire collective comme un rappel brutal de la fragilité humaine et de la cruauté qui s'installe lorsque la croyance aveugle supplante la raison, lorsque la tolérance se retire et laisse place à la domination.

Agbodzi fit lentement le tour du périmètre, comme un pèlerin en quête de sens. Là où jadis les tours s'élançaient vers le ciel, il scrutait les hauteurs nues, espérant y lire un signe qui l'aiderait à comprendre l'incompréhensible.

Épuisé par cette méditation silencieuse, il s'assit dans un kiosque de rue, demanda une bouteille d'eau gazeuse. En la buvant à petites gorgées, il pensa à toutes les autres tueries que l'histoire imputait aux certitudes idéologiques ou religieuses. Comme pour dresser un constat muet, il prit quelques photos, tels des fragments de preuve de l'échec récurrent de l'humanité. Vers 11 h 30, il prit le métro et en descendit sur Broadway. Là, tout changea : l'effervescence, les couleurs, les affiches lumineuses. La vie reprenait ses droits, exubérante, insouciante. Une affiche retint particulièrement son regard : The Lion King, œuvre acclamée par la critique pour sa splendeur visuelle et son souffle épique, émanation des jungles africaines. Agbodzi y devina, comme en filigrane, l'ombre majestueuse de l'épopée mandingue Soundiata Keïta. Ce contraste l'interpella : d'un côté, un espace de ruines et de deuil ; de l'autre, la créativité et le théâtre, l'imaginaire qui redonne souffle.

Plus loin, toujours sur Broadway, Agbodzi repéra un magasin Best Buy et s'y engouffra d'un pas décidé. Au rayon informatique, une promotion irrésistible l'attira. Il sélectionna trois ordinateurs portables, dont un MacBook Pro, destinés à ses enfants.

À 14 heures, Agbodzi prit place dans le train du retour vers Washington, le cœur encore habité par ces deux visages de l'humanité, destructrice et créatrice à la fois.

Environ une heure après le départ de New York, Agbodzi se surprit à somnoler. Il sursauta, tenta de maintenir ses paupières ouvertes contre la gravité, mais céda bientôt sous le poids de la fatigue accumulée et de la brièveté de la nuit précédente.

À son réveil, il scruta discrètement ses voisins immédiats, cherchant dans leurs regards le moindre signe d'un désagrément qu'il aurait pu causer en dormant. Cette crainte lui rappela une publicité qu'il voyait souvent à la télévision depuis son arrivée : on y montrait des hommes obèses, apathiques, somnolant à longueur de journée. Le slogan final l'avait marqué : « Demandez à votre médecin si vous souffrez de Low T. » Le souvenir éveilla aussi en lui l'image de son voisin d'avion, cinq jours plus tôt à bord d'Air France : un ronfleur de première catégorie, dont les sons tenaient du hasard musical. Et si cet homme avait, lui aussi, ce fameux Low T ? pensa-t-il en esquissant un sourire. Mais il repoussa vite l'idée : il savait trop bien combien il détestait ces personnes qui, après avoir avoué leur incompétence dans un domaine, s'autorisaient tout de même à donner un avis. Quand on n'est pas expert, se dit-il, il vaut mieux s'arrêter là.

À 18 heures, le train entra enfin en gare à Washington. Agbodzi en descendit, prit le métro jusqu'à Bethesda, puis un taxi pour regagner la maison. Tout semblait s'enchaîner sans accroc, comme sur des roulettes. Il s'en réjouit, même si une pointe de superstition lui soufflait que la nature accorde rarement des succès consécutifs. Alors, presque malgré lui, un refrain de Doris Day lui traversa l'esprit, qu'il fredonna : Que sera, sera...

Le samedi, fidèle à son programme, Agbodzi lança une visioconférence avec les diasporas de Chicago et d'Atlanta. La veille, il leur avait soigneusement envoyé tout le matériel audiovisuel pour garantir la fluidité de la rencontre. Après quelques accrocs techniques vite résolus, l'échange prit son envol et se déroula dans une atmosphère à la fois studieuse et enthousiaste. Les participants revinrent à plusieurs reprises sur la question cruciale du retour sur investissement.

Agbodzi, parfaitement préparé, dévoila un plan de gestion limpide, élaboré avec ses économistes, qui mettait en avant transparence et rigueur. Ce schéma convainquit son auditoire et renforça leur confiance dans le projet. À la fin de la session, l'élan de solidarité fut tangible : les deux diasporas s'engagèrent pour un total de 250 000 dollars. Il restait désormais une étape décisive : la rencontre prévue le lundi 19 avec Mr Charles Smith.

Le dîner avec M. Charles Smith avait été fixé à Baltimore, dans l'un de ces restaurants raffinés qui bordent l'Inner Harbor.

Agbodzi, accompagné de Messan, s'y rendait avec un mélange d'anticipation et d'appréhension. Messan connaissait parfaitement Charles, mais pour Agbodzi, c'était une première rencontre en chair et en os, après des échanges limités à des mots et des écrans.

La circulation, ce soir-là, se fit capricieuse. L'Interstate 95 était saturée, les abords du stade M&T Bank Arena Stadium grouillaient de supporters des Ravens, l'équipe de football américain de Baltimore. Le flot de véhicules contraignit les deux hommes à contourner par des détours hasardeux, mais ils arrivèrent à temps. Agbodzi se dit qu'un retard aurait entaché l'élan de cette rencontre qu'il jugeait décisive.

Charles les attendait à l'entrée, debout, imposant. Il avait la même taille qu'Agbodzi, mais ses épaules plus larges accentuaient son allure de sportif. Les présentations furent d'une simplicité déconcertante, baignées d'une chaleur immédiate, comme si le fil invisible d'une amitié ancienne se renouait enfin. La table, située à l'écart dans une loge VIP, offrait un havre de tranquillité. Les lumières tamisées se reflétaient dans les baies vitrées, où scintillaient les reflets des eaux du port.

Charles prit la parole le premier, s'enquérant du séjour de son invité. — Pretty well, sir ! répondit Agbodzi, avec un sourire qui trahissait à la fois confiance et gratitude. Il fit alors le récit de ses récentes rencontres avec la diaspora togolaise. Ses mots étaient mesurés, mais on devinait dans sa voix la satisfaction profonde de voir son message accueilli avec enthousiasme. Charles l'écoutait attentivement, les mains jointes devant lui, hochant la tête par instants.

Agbodzi choisit une salade garnie d'avocat, de champignons et relevée d'un vinaigre balsamique. Le dîner, discret, servait surtout de toile de fond à la conversation. Puis vint le moment attendu : Charles, d'un ton calme mais ferme, proposa une visite à la Foire Agricole de Gapolo et annonça son soutien financier de trois cent mille dollars. Le cœur d'Agbodzi battit un peu plus vite. Ce chiffre, au-delà de son poids matériel, représentait une confiance précieuse. Le mois d'août fut retenu pour concrétiser la visite.

En quittant le restaurant, Agbodzi avait la sensation d'avoir franchi un cap : entre la chaleur des lumières de Baltimore et l'écho des promesses échangées, l'avenir venait de gagner une nouvelle lueur.

La rencontre avec Mr Charles Smith, ce dîner de travail marqué d'une courtoisie sincère, s'acheva doucement vers vingt-deux heures. Agbodzi serra chaleureusement la main de son hôte, Messan à ses côtés, et tous deux reprirent la route. Sur l'I-95 sud, en direction de Washington, D.C, ils goûtèrent au bonheur simple d'un trafic apaisé, comme si la ville elle-même leur offrait une respiration avant le départ. Moins de trois quarts d'heure plus tard, Potomac les accueillait dans sa quiétude nocturne.

Le séjour américain tirait à sa fin. Déjà se profilait le vol de mercredi soir, avec une halte parisienne de quarante-huit heures pour rencontrer la diaspora togolaise, avant le retour au bercail. Le temps semblait se contracter, comme pour rappeler qu'aucun voyage n'est éternel. Le mardi ne fut pas entièrement libre.

Agbodzi prit soin de se rendre à la branche locale de Citibank pour vérifier les conditions de transfert bancaire avec Ecobank, où il détenait son compte d'affaires à Lomé. Les formulaires furent remplis, les signatures posées, comme des scellés préparant l'avenir.

Le soir, l'amitié reprit ses droits. Toyi insista pour partager un dîner. Son épouse Ameyo, absente lors de la réunion du pôle des partenaires, avait préparé un dzenkplé aux couleurs du pays : pâte de maïs relevée d'assaisonnements, nappée de cette teinte orange que la tomate seule sait offrir. La table réunit, outre Messan et Ayélé, deux autres couples, et la musique togolaise vint enchanter la soirée : Fifi, Nimon Toki, Agboti, Jimmy Hope... Autant de refrains qui firent voyager les cœurs, rappelant qu'on peut être loin de la terre natale sans jamais la quitter vraiment. Agbodzi loua la main d'Ameyo pour son mets délicieux. On se sépara vers vingt-trois heures, le sourire aux lèvres mais avec, en arrière-fond, l'écho discret de la séparation prochaine. Demain, il faudrait reprendre la route... et affronter de nouveau l'inévitable autoroute I-495.

Le vol était prévu pour seize heures. Ce même jour, Messan devait s'envoler pour une mission au Japon, son départ étant fixé à dix-neuf heures. Après un déjeuner pris ensemble vers onze heures et demie, Agbodzi prit congé de ses hôtes à midi. Les adieux furent lourds. Messan regretta de ne pas pouvoir l'accompagner à l'aéroport, retenu par ce chevauchement de programmes. Agbodzi s'assura d'avoir tout rangé, remercia chaleureusement Ayélé pour ses attentions délicates, puis héla un taxi. Assis à l'arrière, il salua le chauffeur :

— Good afternoon, sir. We're going to Dulles Airport.

À l'accent, il devina que l'homme était probablement d'origine indienne. Il en demanda confirmation, et ne s'y trompa pas. À son tour, il précisa : — I'm from Togo, Africa.

— Ah ! Adebayor ! You're from the country of Adebayor. World Cup... not good for him !

Le ton s'était d'emblée fait amical. Le taxi prit rapidement l'I-270, puis la redoutable I-495. Le trafic, bien que moins dense qu'aux heures de pointe, restait fidèle à sa réputation. Les panneaux de limitation à cinquante-cinq miles à l'heure semblaient presque moqueurs, tant il était déjà difficile d'atteindre trente miles. Soudain, tout s'immobilisa. Un panneau lumineux annonça un accident dix miles plus loin. Le chauffeur chercha aussitôt une sortie, emprunta des routes secondaires, et finit par rejoindre l'autoroute à cinq miles de l'aéroport. En tout, quarante minutes suffirent pour atteindre la zone des départs de Dulles.

Agbodzi remercia son conducteur avec un généreux pourboire, qui fit naître sur son visage un large sourire éclatant. Les formalités commencèrent. Sa valise fut enregistrée, le billet déjà imprimé en main. Restait le contrôle de sécurité, qu'il abordait toujours avec réticence, même s'il en comprenait l'importance. Depuis les attentats du 11 septembre 2001, chacun savait la nécessité d'éviter qu'une telle tragédie ne se reproduise. Pourtant, la succession des injonctions restait pesante : enlever chaussures, ceinture, veste, téléphones, ordinateur... « À ce rythme, songea-t-il en souriant, certains finiront par arriver en sous-vêtements. »

Cette pensée lui rappela un souvenir cocasse de Messan, un an plus tôt. Alors qu'il partait en vacances au pays, il avait accepté de rapporter à Agbodzi un téléphone de remplacement. Mais ce jour-là, arrivé en retard à l'aéroport, il dut se soumettre à la frénésie du contrôle : chaussures, ordinateur, paquets de chocolat, sac à dos... Dans la précipitation, il oublia le téléphone sans s'en rendre compte. Son nom résonnait dans les haut-parleurs, l'enjoignant à rejoindre sans délai la porte d'embarquement. L'homme méticuleux qu'il avait toujours été, se retrouva déstabilisé comme jamais.

Messan était embarrassé à en mourir lorsqu'il raconta sa mésaventure à Agbodzi. Heureusement, après son retour de vacances, il contacta, sans grande conviction, la TSA (Transportation Security Administration). On lui demanda de décrire l'objet perdu. Deux jours plus tard, il put récupérer, avec surprise, son précieux appareil. « Si cela avait pu arriver à Messan, pensa Agbodzi, cela pouvait arriver à n'importe qui. »

Cette fois, lui était arrivé trois heures avant le décollage. Rien ne pressait. Il rangea soigneusement ses affaires, puis alla s'installer dans un fauteuil de la salle d'attente. Après quelques minutes, il consulta ses messages et écrivit à sa tendre Ena : il avait terminé toutes les formalités et patientait désormais, serein, en attendant l'embarquement prévu dans une heure.

À 15 h 30, l'embarquement commença. En classe économique, la scène se répéta encore une fois : une ruée fébrile, des corps pressés de franchir la passerelle comme si la hâte garantissait une meilleure place. Agbodzi sourit intérieurement devant cette agitation sans raison. Il attendit son tour, présenta calmement ses documents, puis gagna son siège. Devant lui, deux passagers se disputaient un compartiment à bagages saturé. D'un geste tranquille, il leur indiqua une place libre un peu plus loin. Le conflit se dissipa comme une poussière balayée par le vent. Sa voisine était une jeune femme. Il lui adressa un sourire courtois ; elle répondit avec la même délicatesse. Peu après, l'avion roula, les démonstrations de sécurité défilèrent mécaniquement, et la cabine bascula dans ce silence expectant qui précède le décollage.

Dans la rangée médiane, un homme en boubou, barbe longue et dense, attirait le regard. Sans qu'il sache pourquoi, le cœur d'Agbodzi s'accéléra. Puis il se reprit. Ne pas céder à ce réflexe, fruit des images forgées par les médias. Il refoula ce sentiment étranger à lui-même, déterminé à rester maître de ses pensées. Quand l'appareil trouva son altitude de croisière, il alluma son écran. Les images d'un match de Coupe du monde s'animaient devant lui. Voilà longtemps qu'il n'avait pas suivi le tournoi, depuis la deuxième défaite du Togo. Alors, une voix douce se fit entendre à ses côtés :

— Are you African-American ? Son accent trahissait une origine française.

— Je suis Africain, Togolais plus précisément. Et vous ?

— Française, de Nantes. Je m'appelle Carine. Ils échangèrent une poignée de main. Entre eux, la conversation prit aussitôt son

envol, légère, vivante. Le sport, les affaires, l'Afrique, l'Europe...
Agbodzi parla de son projet d'agro-tourisme, Carine évoqua sa
reconversion : vétérinaire devenue représentante d'un grand
laboratoire pharmaceutique pour animaux, Pfizer. Elle revenait de
trois semaines de congé aux États-Unis. Le repas fut servi, quatre
heures après le départ. Carine choisit un vin, en fit goûter une
gorgée à Agbodzi. Il sourit : le breuvage était doux, loin de l'âpreté
qu'il redoutait. Un échange de contacts scella ce début d'amitié.
Puis la nuit s'installa. Les lumières tamisées, le ronronnement de
l'avion, les passagers endormis... Agbodzi céda au sommeil. À son
réveil, Carine dormait à son tour, paisible, comme hors du temps.
Il voulut étendre ses longues jambes, inclina son siège, mais
empiéta sur l'espace du voisin de derrière. Celui-ci, d'un ton amical,
le rappela à l'ordre. Agbodzi s'excusa, redressa son dossier, et
replongea dans la torpeur. À l'aube, vers quatre heures, heure de
Paris, l'odeur du café noir vint lui titiller les sens. Le petit-déjeuner
fut servi. Peu après, le ding-dong familier retentit dans la cabine :

— Mesdames et messieurs, ici votre commandant de bord. Nous
amorçons notre descente sur Paris. Les hôtesses, d'un geste
presque chorégraphique, invitèrent les passagers à redresser leur
siège et à boucler leur ceinture. Le voyage de nuit s'achevait, et
déjà, au-delà des nuages, Paris se préparait à l'accueillir.

L'atterrissage s'acheva dans une parfaite maîtrise. Mais à peine
les roues figées sur le tarmac, la scène familière se rejoua : une ruée
précipitée, comme si la survie de chacun dépendait d'être le
premier à franchir la passerelle. Les casiers à bagages s'ouvraient
dans un fracas digne d'une symphonie improvisée, et les passagers
s'entassaient dans l'allée, chacun veillant jalousement sur ses biens
comme sur un trésor. Capitalisme oblige, les élus de la première
classe et de la classe affaires se voyaient accorder la priorité de
sortie. Le comique de situation venait de leur flegme : certains,
insensibles à la hâte générale, trouvaient encore le temps de serrer
une main, de livrer une dernière plaisanterie aux hôtesses, ou de
réajuster leur cravate, tandis que derrière eux la foule frémissait,
contrainte de patienter.

Agbodzi, philosophe, observa la scène, puis se fraya son chemin. Les formalités furent menées sans incident, sa valise récupérée sans peine. À l'immigration, tout s'écoula avec une fluidité inattendue. Sitôt libre, il appela Mikando Amegangee pour annoncer son arrivée, puis échangea quelques mots avec Ena. Rien à signaler, si ce n'est l'éternel théâtre des arrivées. Conformément à son plan, il héla un taxi qui le mena vers l'hôtel Ibis Paris, laissant derrière lui le tumulte de l'aéroport et son ballet d'impatiences.

Agbodzi s'était arrangé avec la réception pour intégrer sa chambre dès le matin, plutôt que dans l'après-midi comme il est d'usage. Après une douche réparatrice, il se reposa jusqu'à treize heures, puis sortit déjeuner à l'Ardoise de Roissy, où il savoura la fraîcheur des légumes. À quinze heures, il avait rendez-vous avec Mikando pour visiter la salle de conférence réservée en vue de la rencontre avec la diaspora européenne prévue le vendredi soir.

De retour à l'hôtel à quatorze heures trente, il reçut un appel de Mikando : celui-ci accusait un retard d'une demi-heure, retenu par un client de dernière minute. Mikando, expert-comptable installé à Paris depuis 1995, avait fait ses études à l'Université du Bénin dans les années quatre-vingt, avant de poursuivre une spécialisation en expertise comptable en France. De retour au Togo lors de la conférence nationale souveraine de 1991, il avait occupé le poste de secrétaire général au ministère du développement durable dans le gouvernement togolais. Les troubles politiques l'avaient cependant ramené en France. Son épouse était médecin gériatre, et leurs deux filles étaient désormais étudiantes à l'université.

Il arriva finalement à quinze heures vingt. La dernière rencontre des deux hommes remontait à un mois, lors des obsèques de Togbui Senyo, le père d'Agbodzi, à Lomé. Après l'émotion des retrouvailles et les salutations d'usage, Agbodzi livra un bref compte rendu de son séjour américain.

— Je crois que nous sommes sur la bonne voie, conclut-il.

— Les chiffres sont bons, répondit aussitôt Mikando. Avec ce que les Américains promettent déjà, le projet entre dans une nouvelle phase. Et la valorisation de tes actifs à la ferme, quel cabinet l'a prise en charge ?

— Ton ami Kowu Lami, que j'ai relancé avant-hier. Il m'a assuré qu'il rendrait ses résultats la semaine prochaine.

— Parfait, acquiesça Mikando. Nous devrions probablement obtenir près de quatre cent mille euros ici. Quinze de nos compatriotes ont confirmé leur réservation.

— Merci, Kando, dit Agbodzi en utilisant le diminutif familier de son prénom. Allons donc vérifier la salle qu'ils nous louent. Ils descendirent ensemble au sous-sol où se trouvaient les salles de conférence. Tout semblait prêt pour la réunion. La conversation se poursuivit encore longtemps.

Le soir venu, Agbodzi déclina toute sortie au restaurant, préférant un thé chaud accompagné de pâtisseries. Il profita de la quiétude de sa chambre pour revoir ses notes et son matériel audiovisuel. Tout était en ordre ! Lorsque la nuit enveloppa Roissy, tout était prêt : il n'attendait plus que l'heure pour écrire une nouvelle page de son aventure.

La réunion débuta à dix-huit heures trente. Dans l'air flottait encore la désillusion du jour : les Éperviers venaient de concéder leur troisième et dernier revers, et l'amertume du match perdu pesait sur les visages. Quelques échanges préliminaires suffirent à dissiper cette mauvaise humeur, comme pour laisser place à des horizons plus constructifs.

Mikando, en maître de cérémonie, ouvrit la séance en présentant un à un les quinze participants annoncés. Un seizième, inattendu, s'était glissé dans l'assemblée : un jeune homme se présentant comme étudiant en tourisme en Grande-Bretagne. Il disait s'appeler Séto. À peine vingt-cinq ans, le regard encore vif de la jeunesse, il était le benjamin du groupe.

Lorsque vint son tour, Agbodzi prit la parole avec gravité. Il remercia les participants de leur confiance et rappela, comme il en avait pris l'habitude, la genèse du projet : ses fondements, ses mécanismes de financement et surtout l'impact qu'il promettait sur le développement du pays. Il insista longuement sur son choix délibéré d'un financement enraciné dans la communauté togolaise, en particulier au sein de la diaspora. Son discours, appuyé par des supports audiovisuels, déploya chiffres et graphiques, mettant en avant la redistribution équitable des dividendes. En orateur attentif, il scrutait les visages, cherchant dans les regards la confirmation que son message portait.

C'est alors qu'un détail éveilla son attention : le jeune Séto semblait enregistrer la rencontre, son téléphone habilement dissimulé. Agbodzi conclut en reprenant la formule qu'il avait lancée dix jours plus tôt à Washington :

— Aujourd'hui, le Togo a perdu un match, une occasion de se présenter dignement au monde. Mais ce soir, j'en suis convaincu, nous posons les bases d'une victoire certaine : un projet qui triomphera pour le Togo et pour l'Afrique. L'assemblée, émue, se leva d'un seul mouvement pour applaudir longuement.

Mikando reprit la parole et ouvrit la séance des questions-réponses. Les interventions se succédaient, empreintes de respect et de confiance. Plusieurs rappelaient la constance d'Agbodzi, la fidélité de son engagement dans tant de circonstances passées. Des précisions furent apportées aux préoccupations exprimées, consolidant encore la crédibilité du projet. Puis, soudain, Séto leva la main. Sa voix, claire mais un peu trop assurée pour son âge, porta une question inattendue :

— Monsieur Agbodzi, avez-vous une ambition politique ? Un frisson imperceptible traversa la salle. La suspicion d'Agbodzi, déjà éveillée, monta d'un cran. Il choisit de répondre brièvement, le ton mesuré mais ferme :

— Mesdames et messieurs, je ne suis pas politicien et je n'ai nullement l'intention de le devenir. Je vous remercie.

Le silence tomba, suivi de quelques applaudissements retenus. La séance reprit, mais l'ombre du doute planait. À la fin de la réunion, l'un des participants s'approcha discrètement d'Agbodzi. À voix basse, il lui souffla :

— Ce jeune homme ne vient pas de Grande-Bretagne. Il est connu comme activiste du parti au pouvoir, un délateur patenté. Agbodzi resta impassible, mais son esprit s'assombrit. Mikando, devinant ses pensées, lui glissa :

— Laisse-moi mener ma propre enquête sur ce Séto.

Malgré cette ombre, la réunion s'acheva sur une note éclatante : une cagnotte de cinq cent trente mille euros fut levée. Les coordonnées du compte ouvert à la HSBC furent communiquées à l'assistance. Une page venait d'être tournée. Déjà, d'autres défis se profilaient : le retour au pays, les résultats de la valorisation, la finalisation du plan architectural, le permis de construire, la reprise des pourparlers avec Ecobank. « Chaque pas ouvre la voie à d'autres », songea Agbodzi, incapable de dissimuler la satisfaction qui l'habitait. Il était vingt et une heures passées quand Kando le ramena chez lui, pour un dîner en famille, loin du tumulte des chiffres et des soupçons.

Le lendemain, samedi, le bus de l'hôtel ramena Agbodzi à l'aéroport. Les formalités s'accomplirent sans encombre, et à quatorze heures locales, l'Airbus d'Air France s'éleva dans le ciel, traçant son sillon vers Lomé. Le vol était complet, presque tous les sièges occupés, et dans la cabine flottaient des visages connus, des figures familières qui rendaient le voyage moins anonyme. Hormis quelques soubresauts de turbulence, la traversée se déroula sans incident. Après cinq heures de vol, la voix du commandant annonça l'amorce de la descente. Dans les haut-parleurs retentit le rituel immuable : éteindre les téléphones, passer en mode avion, redresser les sièges, attacher les ceintures. Puis vint l'instant décisif. L'avion toucha le sol à dix-huit heures cinq précises. Alors, un éclat de ferveur jaillit dans la cabine : applaudissements nourris, exclamations, « alléluia » et « amen » fusaient de toutes parts.

Agbodzi, lui, demeura impassible. Il observa la scène comme un philosophe observe les gestes de son temps. Il savait que, pour beaucoup, l'avion demeurait une épreuve et une fascination à la fois. Dans l'imaginaire collectif, prendre l'avion n'était pas seulement voyager : c'était franchir un seuil, accéder à un degré supérieur d'existence. Mais ce symbole de modernité charriait aussi sa hantise : celle du crash, omniprésente dans les conversations. Ainsi, chaque atterrissage prenait la valeur d'une délivrance, et la gratitude se portait vers ce qui dépasse l'homme. Mais à qui allait ce remerciement ? Non pas au pilote, dont on supposait qu'il ne faisait que son métier. Non pas à la machine, prodige pourtant d'ingénierie humaine. Mais à « Celui » ou à « Ce » que l'on place au-dessus de tout : Mawu, Dieu, Allah, Togbui Nyigblè... Chacun l'invoquait selon sa foi.

Pour Agbodzi, la logique aurait voulu que la reconnaissance implique aussi la responsabilité. Si les dieux reçoivent louange pour l'atterrissage heureux, ne devraient-ils pas être également blâmés pour les catastrophes ? Mais là, la logique s'effondrait. Dans l'équation spirituelle, l'échec n'appartenait jamais au divin : on l'attribuait à Satan, aux esprits maléfiques, aux forces obscures. Quelle organisation humaine, se dit-il, accepterait un tel privilège ? Recevoir le crédit du succès, mais déléguer la faute de l'échec. Crédit, oui ; responsabilité, jamais. C'était là une perfection d'immunité que seule la divinisation à outrance pouvait offrir. Les applaudissements qui résonnaient dans la cabine n'étaient donc pas de simples marques de soulagement : ils participaient à ce même phénomène, cette inclination universelle de l'homme à diviniser l'inexplicable et à se réfugier dans une gratitude qui absout toute contradiction.

Dehors, Ena et les trois enfants attendaient avec une impatience contenue. À la sortie, Agbodzi fut happé par leur élan, tel un héros rentrant au foyer après avoir remporté un trophée. L'accueil le surprit, presque au point de l'émouvoir.

— Mais dites-moi, que se passe-t-il ici ? lança-t-il avec un sourire mêlé d'étonnement. Il embrassa tendrement son épouse, serra ses fils sur l'épaule avec affection, et offrit une accolade chaleureuse à Akouvi.

— Amenyo, comment s'est passé le bac ? demanda-t-il.

— J'ai fait de mon mieux, répondit le garçon en haussant les épaules. Pas de mauvaise surprise. Sa voix trahissait ce subtil équilibre entre la confiance et l'angoisse. Akouvi, espiègle, s'empara du volant :

— C'est moi qui conduis aujourd'hui, madame et messieurs ! Koffi prit place à l'avant, côté passager. La famille décida de passer la nuit dans leur maison d'Assigomé. La soirée fut un long partage. Agbodzi fit le récit détaillé de son voyage, n'omettant ni les rencontres, ni les projets, ni même les contacts précieux glanés en chemin. Puis, tour à tour, chacun livra son propre « rapport ». Koffi annonça avec fierté son passage en deuxième année de mathématiques et physique, et Akouvi, concentrée, préparait son examen à venir ainsi que le concours des internes des hôpitaux. Enfin, Ena prit la parole pour clore la séance familiale : elle évoqua l'état de la ferme, les mises bas récentes parmi les brebis, signe de prospérité et de continuité. Après le dîner, Agbodzi se retira.

Une douche le délassa, puis il se laissa tomber dans son lit avec l'abandon d'un nourrisson rassasié et bien au chaud.

Le dimanche matin, Agbodzi alla rendre visite à sa mère Ama. Il s'enquit de son état physique et de son moral.

— Je continue de sentir le vide autour de moi et dans mon esprit, dit-elle d'une voix basse, évitant le regard de son fils. Par moments, j'ai l'impression de rêver, comme si au réveil tout allait disparaître. Mais hélas, c'est la réalité... ma réalité. Pendant la journée, quand je parle avec les enfants, il me semble que tout a encore un sens. Mais dès que je me retrouve seule, je sombre dans l'abîme. Elle marqua une pause, puis ajouta :

— Oh, je suis désolée d'assombrir ton esprit. Mais ça va passer, tôt ou tard. Tout finit toujours par finir. Agbodzi sentit une tristesse intense l'envahir. Aucun mot ne lui venait pour alléger la souffrance de sa mère. Une larme menaça de couler au coin de ses yeux. Il s'approcha, la serra dans ses bras, et constata combien son corps avait maigri en si peu de temps.

— Dada, dit-il avec émotion, tu resteras ici jusqu'à voir les enfants de nos enfants. Promets-moi de ne pas te laisser glisser dans le néant. Tu sais, je suis revenu hier soir, d'un voyage fructueux, porteur de grands projets. Nous avons besoin de toi, d'être témoin de tout cela, maintenant que papa n'est plus là. Dès que tu en auras la force et qu'il te sera permis de voyager, il faudra venir passer quelques semaines à Gapolo. Elle eut un sourire voilé :

— Merci Edzi, répondit-elle doucement, on verra. Tu as le courage du bélier, tu sais... Le prénom Agbodzi, en langue éwé, signifiait en effet « courage de bélier ». Il lui fut difficile de prendre congé d'elle. Quand il quitta la maison, Ena et les enfants — sauf Akouvi, restée pour étudier — l'attendaient déjà dans la Land Rover. Le véhicule s'ébranla lentement, ne pouvant dépasser dix kilomètres à l'heure sur ces rues nues rongées par l'érosion. Lorsqu'il atteignit enfin la voie asphaltée, Agbodzi réalisa combien le progrès allège la vie des hommes. Ils arrivèrent à Gapolo vers dix heures. À peine descendu de voiture, il fit un tour du domaine, caressa affectueusement les brebis, les béliers et les agneaux nés durant son absence. Dans la foulée, il envoya un message aux responsables de département : une réunion se tiendrait dès le lundi matin, à la première heure.

Il prit aussi le temps d'adresser un message de gratitude à chacun des partenaires rencontrés, en Europe comme aux États-Unis, comme pour prolonger l'élan de confiance qui avait nourri leurs échanges.

La réunion du staff s'ouvrit à huit heures précises. L'ordre du jour ne comportait qu'un seul point : le compte rendu des activités de la ferme. Le doyen Amétépé prit la parole pour souhaiter un bon retour au patron. Puis, tour à tour, chaque responsable de département présenta l'état des lieux. À la fin des interventions, Agbodzi remercia ses collaborateurs et rappela combien le rapport qu'Ena lui avait fait avant son retour était satisfaisant. Il les informa également du succès de son voyage. La séance fut brève et efficace : trente minutes exactement.

En quittant la salle de concert où s'était tenue la réunion, Agbodzi se rendit à son bureau afin de finaliser le contrat avec le cabinet retenu pour dresser le plan du complexe hôtelier. Il appela aussitôt leurs bureaux et laissa, par l'intermédiaire de la secrétaire, un message à l'attention du directeur. Vers neuf heures trente, le téléphone sonna. Il pensa d'abord qu'il s'agissait du cabinet d'architecture, mais l'écran indiquait un numéro inconnu. D'ordinaire, il ne répondait pas à ce genre d'appels, mais décida de faire exception. La voix qui s'éleva à l'autre bout était étrange : à la fois amicale et menaçante.

— Monsieur Agbodzi, c'est le lieutenant-colonel Abalo. Agbodzi connaissait cet officier par l'entremise de son épouse, Mme Abalo, membre du conseil d'administration de la FECCUT.

— Mon colonel, que puis-je pour vous ? demanda-t-il.

— Je viens vous voir, répondit le colonel Abalo.

— Me voir ? Quand… ?

— Je suis déjà là… chez vous. L'officier entra aussitôt dans le bureau.

— Tout d'abord, précisa-t-il, ma visite n'a rien d'officiel. Je viens en ami. Vous êtes arrivé samedi, n'est-ce pas ?

— En effet, mon colonel, il y a deux jours.

— Combien de réunions avez-vous tenues aux États-Unis ?

— Deux en présentiel, une en visioconférence.

— Étiez-vous en campagne électorale ? Auriez-vous dénigré le président de la République à l'étranger ? Cela pourrait vous coûter cher. Agbodzi, abasourdi, tenta de garder son calme.

— De quoi parlez-vous, mon colonel ? Je ne comprends pas.

Le colonel Abalo sortit alors son téléphone et lança un enregistrement.

— Reconnaissez-vous cette voix ?

— Oui, c'est la mienne, admit Agbodzi. New York. Mais je parlais de la situation politique africaine en général, des difficultés d'entreprendre dans un contexte fiscal répressif. J'ose croire que même le chef de l'État partagerait ce constat. Le colonel rangea son appareil.

— En effet, il n'y a rien de véritablement compromettant dans cet enregistrement. Mais prenez garde. Je n'aime pas sévir contre des personnes que je connais, mais j'ai un devoir à accomplir. Soyez prudent, cher ami.

Agbodzi raccompagna le visiteur jusqu'à la sortie. De retour dans son bureau, tout lui parut plus clair : l'étrange jeune homme aperçu à Paris avait joué un rôle dans cette affaire. Restait à savoir qui, à New York, avait servi de relais. Sans perdre de temps, il envoya un message à Kangni et à d'autres participants de la réunion pour diligenter une enquête discrète.

Le directeur du cabinet d'architecture Togom rappela Agbodzi vers onze heures. Bonjour, Monsieur le directeur Agbodzi Nuworzan. Je suis Komlan Epou, le directeur de Togom.

— Bonjour, Monsieur le directeur. Je suis en effet Agbodzi, directeur de la FAG. Je souhaiterais finaliser le contrat relatif au plan du complexe hôtelier de Gapolo. Nous nous étions déjà accordés sur vos disponibilités, je crois. Pourriez-vous me confirmer le délai nécessaire à l'exécution de ce travail ?

— Merci, Monsieur Agbodzi Nuworzan. Vous pouvez m'appeler Komlan. Nous pourrons finaliser l'ensemble en quatre semaines. Nous disposons d'une équipe importante.

— Parfait, Komlan. Je vous saurais gré de me transmettre votre bordereau d'envoi.

— Sans problème, vous l'aurez d'ici demain. Dites-moi, avez-vous déjà choisi un laboratoire pour les travaux géotechniques ? Nous collaborons avec un excellent prestataire. Si vous le souhaitez, je peux vous mettre en relation.

— Merci beaucoup, Komlan, mais ce ne sera pas nécessaire. Je suis déjà en pourparlers avec le laboratoire de l'EAMAU (École Africaine et Malgache d'Architecture et d'Urbanisme).

— Très bien. Vous pouvez donc attendre le document d'un moment à l'autre. À bientôt.

— À bientôt, répondit Agbodzi, avant de raccrocher.

Ce soir-là, Agbodzi s'entretint longuement avec Kowu Lami au sujet de la valorisation des actifs de la FAG. Celui-ci promit de clore ses travaux pour le vendredi et d'adresser le rapport définitif dès le lundi suivant. Cette échéance fut pour Agbodzi une lueur d'impatience mêlée d'espérance. Dès le lendemain, il prit rendez-vous avec son banquier à Ecobank pour relancer le projet. Le 30 juin, à quatorze heures trente, il franchit les portes de l'agence, le cœur alourdi de préoccupations mais résolu. À sa surprise, l'accueil fut d'une chaleur nouvelle. Les discussions franches et fluides aboutirent à un accord de principe. Restait à compléter le dossier par deux pièces essentielles : le relevé des comptes à l'étranger et le rapport final sur la valorisation des actifs de la ferme. Alors seulement la banque pourrait sceller son engagement.

Le 21 août 2006, ce fut comme si une étape décisive s'ouvrait. Sur le bureau d'Agbodzi s'alignaient enfin le plan architectural, les résultats des études géotechniques et l'estimation globale du coût du complexe hôtelier : deux milliards cinq cents millions de francs CFA, soit un peu plus de trois millions de dollars. Il envoya sans tarder un message à ses partenaires : il était temps que les promesses deviennent réalités. Mais son regard se tournait aussi vers l'extérieur : Charles Smith devait arriver le vendredi 25 août. Agbodzi alla lui-même l'accueillir à l'aéroport de Lomé. Le soir, il l'installa à l'hôtel Sarakawa, ce havre dressé face au golfe de Guinée, où les reflets de l'océan semblaient promettre l'infini. Le lendemain, ils prirent ensemble la route de Gapolo. Agbodzi ouvrait le cortège dans sa Land Rover, tandis que Charles suivait à bord d'une Land Cruiser Prado louée à la CFAO. Ils atteignirent la ferme à l'heure de midi, et Charles découvrit enfin ce dont il avait tant entendu parler. Un entretien dans les bureaux précéda la visite des lieux. L'étranger demeura frappé par l'étendue du domaine, par ses infrastructures, par le souffle moderne qui s'en dégageait. Plus encore, il s'émerveilla de l'esprit d'intégration : l'énergie produite sur place, les déchets transformés en compost, l'engrais organique restituant à la terre sa force originelle.

Comme un signe, la foire agricole battait son plein ce week-end-là. Les allées grouillaient de visiteurs, les stands débordaient de couleurs et de produits, et la rumeur joyeuse des foules s'élevait dans l'air chaud. Charles déjeuna dans l'un des restaurants improvisés, et ses papilles, tout comme ses yeux, se laissèrent conquérir. Il comprit alors que ce projet n'était pas une utopie : c'était une réalité tangible, vivante, habitée. Séduit, il décida de passer la nuit sur place, au cœur même de cette énergie nouvelle. Le dimanche, au moment de prendre congé, il serra la main d'Agbodzi et déclara, la voix vibrante d'enthousiasme :

— Dès demain, j'appellerai ma banque. Je ferai transférer ma participation sur le compte du projet. Ainsi, la conviction d'Agbodzi trouvait son écho : les pierres d'avenir commençaient à s'assembler.

En cette fin d'août, Agbodzi déposa enfin son dossier de demande de permis de construire. Le relevé du 29 septembre 2006 confirmait des comptes à l'étranger associés au projet : un million de dollars. Les actifs de la FAG, eux, étaient évalués à deux millions. Ces chiffres, transmis à la banque, achevèrent de convaincre. Une semaine plus tard, une lettre d'accord officialisait l'engagement de l'institution financière. Avant même ce courrier, le banquier en charge du dossier avait téléphoné à Agbodzi pour le féliciter : le prêt était accordé. Il ne manquait plus qu'une étape : le permis de construire et l'autorisation d'exploitation hôtelière.

Mais ce fut là que le rêve sembla s'enliser. Par ses réseaux, Agbodzi sollicita les deux ministères concernés, mais partout la même réponse, répétée comme une formule glaciale :

— Monsieur, votre dossier est en étude. Vous serez contacté dès qu'il sera prêt. Les semaines passaient, et rien ne bougeait. Derrière ces silences polis, Agbodzi devinait le poids invisible d'un blocus. L'angoisse, insidieuse, commença à l'habiter.

Puis, comme si le destin avait décidé de se mêler à son combat, le 16 janvier 2007, la nouvelle éclata sur les ondes : un remaniement ministériel. Le tout-puissant général Massa, officier de gendarmerie et ministre de l'Administration territoriale, cédait son fauteuil à une juriste réputée, Me Abidé Salif, ancienne bâtonnière de l'ordre des avocats. Elle n'était pas une inconnue :

vice-présidente de la FECCUT, l'ONG fondée par Ena, l'épouse d'Agbodzi, elle appartenait à leur cercle d'engagement. La maison célébra cette annonce comme une délivrance, presque comme une victoire annoncée.

Sans tarder, Ena appela la nouvelle ministre pour la féliciter. Abidé l'invita à ses nouveaux bureaux dès la semaine suivante, une fois la passation de service achevée. Lors de cette rencontre, Ena expliqua avec franchise le blocage inexplicable du dossier de son époux. Devant elle, la ministre fit venir son directeur de cabinet et lui ordonna de localiser le dossier. Deux semaines plus tard, le pot-aux-roses fut découvert : le dossier dormait, sans motif, dans un tiroir de l'ancien ministre. Pourtant, tous les services compétents avaient déjà validé les volets essentiels : sécurité, environnement, urbanisme. Rien ne s'opposait à sa délivrance.

D'un geste ferme, la ministre Abidé apposa sa signature. Le 7 février, elle fit appeler Ena et lui remit en main propre une copie du permis de construire. Un obstacle venait de tomber, mais pas la totalité du mur. Restait l'autorisation d'exploitation hôtelière : une autre épreuve, un autre chemin semé d'embûches. En ce pays, Agbodzi en avait désormais la certitude : la solidité d'un dossier ne suffisait pas. Il fallait plus : des relais, des appuis, un réseau. Network !

La liberté est précieuse, elle ne se marchande pas.

Le soir du vendredi 23 février 2007, alors qu'Agbodzi s'absorbait dans la finalisation de son dossier pour le lancement d'un appel d'offres — un ambitieux projet de construction comprenant un hôtel de sept étages, des appartements meublés et une aire de jeux pour enfants à sa ferme de Gapolo — son téléphone sonna. Il reconnut aussitôt le numéro et décrocha. C'était son ancien professeur de collège, devenu au fil du temps un mentor.

— Agbodzi, j'espère que je ne te dérange pas, dit la voix familière.

— Non, pas du tout, M. Anthony, répondit-il.

— Je voudrais passer te voir demain, si ton emploi du temps le permet.

— Je crois être libre. Je vais en parler à Ena. Nous pourrions nous retrouver autour d'un déjeuner, si cela vous convient.

— Parfait, conclut M. Anthony avant de raccrocher. Les deux hommes ne s'étaient pas parlé depuis près de deux mois. Agbodzi ne chercha pas à savoir la raison de cette visite ; il pressentait qu'il s'agissait d'une affaire sérieuse. Il envoya rapidement un message à Ena pour organiser la rencontre. Cette semaine avait été éprouvante. Il venait à peine d'obtenir le permis de construire et l'agrément d'exploitation du complexe hôtelier, au terme de multiples rebondissements. On pouvait parler de montagnes russes sans exagération. À un souffle de l'échec malgré ses bons rapports avec l'administration, il avait vu la situation se redresser in extremis grâce à l'intervention décisive d'Ena.

Pourtant, une phrase entendue quelques jours plus tôt résonnait encore dans sa mémoire : « Est-il des nôtres ? » La question avait été posée par le ministre du Tourisme au secrétaire général de son ministère, en pleine cérémonie de signature, sous les yeux incrédules d'Agbodzi. Ce dernier savait que le clientélisme politique, mêlé à la corruption, minait profondément le pays. Les contrats n'étaient pas attribués selon le mérite, mais selon le degré de militantisme ou d'appartenance. Il se souvenait encore, comme d'un cauchemar, de l'histoire de cet opérateur économique qui avait voulu lancer une compagnie d'électroniques. Tout était prêt : infrastructures, cérémonie d'inauguration, invités de marque. Mais le ministre des Télécommunications, attendu pour remettre l'autorisation, ne vint jamais. L'échec fut cuisant : endettement colossal, faillite, perte définitive de crédibilité. Ce souvenir expliquait la fébrilité d'Agbodzi durant toute la semaine. Ena, grâce à son ONG et à son charisme grandissant auprès des femmes du pays, était devenue une figure nationale. Sa notoriété avait pesé en faveur du projet.

Agbodzi, secouant ses pensées, replongea dans ses dossiers et valida les documents préparés par ses experts. Le lendemain, après sa séance d'exercices matinaux et quelques appels, il accueillit M. Anthony à midi comme convenu. Les premières paroles furent courtoises, mais bien vite, le mentor aborda le sujet qui le préoccupait.

— Je viens te voir après mûre réflexion, commença-t-il.

— Dis-moi, Agbodzi, sur quel socle t'adosses-tu vraiment pour entreprendre ? Je t'avais déjà posé cette question.

— Je me souviens. J'avais dit : mon père, répondit-il.

— Ton père, oui... Mais vois-tu, dans notre pays, deux leviers commandent tout : la politique et les sociétés ésotériques. J'ai moi-même gravi les échelons de ma loge. Je peux t'ouvrir la voie. Le ton se fit plus appuyé.

— Tu ignores peut-être ce qui se dit déjà sur toi. Certains colportent que tu aurais trahi ta foi, d'autres prétendent que tu appartiens déjà à une secte.

Tu avances vers l'orage, Agbodzi. Seul, tu seras broyé. Il te faut évidemment un rempart. Avec moi, tu seras protégé. Un silence pesant suivit ces mots. Agbodzi se leva, les mâchoires serrées. Il se versa un thé brûlant à la citronnelle, inspira profondément, puis planta son regard dans celui de son ancien maître. Sa voix, ferme et posée, fendit l'air comme une lame : — Monsieur Anthony, je respecte tes intentions. Tu veux mon bien, et je t'en remercie. Mais je refuse d'être lié par des chaînes invisibles. Je veux réussir en étant redevable à moi-même et à ceux qui travaillent chaque jour honnêtement pour avancer nos idées. Notre société n'ira mieux que lorsque chaque succès sera mérité, non dicté dans l'ombre. Il fit une pause, son regard brillant d'une conviction inébranlable.

— Tu seras peut-être déçu. Je le consens. Mais sache-le : il n'y a rien de sectaire en moi. Rien !

Agbodzi, dans un effort presque détaché de lui-même, se força à détendre l'atmosphère. Il inspira profondément, retrouva ses esprits et, en tenant la main de Mr Anthony, lui souffla :

— Merci d'être venu. La conversation glissa alors vers un autre sujet, plus neutre : l'harmattan. Le vent sec, chargé de poussière, accentuait les épidémies respiratoires.

— Le changement climatique est devenu une évidence, lança Anthony. J'ai passé soixante-dix ans sur cette planète et, depuis au moins soixante ans, j'observe le temps. Ce n'est plus comme avant, ça je peux l'affirmer. Que les hommes politiques s'y accordent ou non, cela ne me préoccupe guère.

— Tu as parfaitement raison, répondit Agbodzi. Dans mon métier, je dépends de la météo, et tout devient erratique. Si je n'avais pas investi dans l'irrigation, il y a longtemps que j'aurais fermé boutique. Qu'on l'appelle réchauffement global ou changement climatique, il ne faut plus se voiler la face. Comme dit la sagesse : un problème ignoré ne s'évapore pas, il s'aggrave. Agbodzi devina que son ancien professeur s'apprêtait à prendre congé. Il fit signe à un de ses agents de préparer un colis pour l'honorer, puis raccompagna Mr Anthony jusqu'à la sortie de la grande cour.

— Bon retour, lui dit-il avec chaleur. De retour au salon, Ena l'accueillit avec un sourire taquin :

— Tu aurais dû convaincre ton ancien professeur de sortir de ce labyrinthe de secte. Moi, je ne vois pas ce qu'il y gagne !

— L'as-tu entendu, Ena ? L'as-tu entendu prononcer cette phrase funeste ? Que je marchais droit dans un orage ?

— Oui, je l'ai entendu, répondit-elle sans détour, la voix vibrante. Il a proféré la menace sans détour.

Agbodzi se redressa, comme frappé par un coup de tonnerre.

— Un orage ? ... Mais de quel orage parle-t-il ? Alors, dans la pénombre de la pièce, le mot se déploya, lourd et obsédant.

— **Orage ! Orage ! Orage** ! Il résonna comme une clameur, comme l'annonce d'un destin qu'aucun ne pourrait désormais ignorer.

Agbo-dzi : cœur de bélier ou plus précisément courage de bélier ne saurait courber l'échine devant la menace. Advienne que pourra ! Ces mots résonnaient en lui comme un serment, une promesse faite à soi-même de marcher droit, même au milieu de l'orage.

Avec en main le permis de construire, l'autorisation d'exploitation et le soutien confirmé de la banque, Agbodzi, de concert avec ses partenaires, lança l'appel d'offres le 26 février 2007. L'événement avait des allures de nouveau départ, comme un signal adressé à tout le pays. Plusieurs entreprises se portèrent candidates. Mais ce fut une jeune société, née de la fusion de deux maisons anciennes et portée par l'audace de la jeunesse togolaise, qui l'emporta : la Société Générale Africaine de Bâtiment et Travaux Publics (SOGA-BTP). La victoire de SOGA-BTP fut saluée comme un signe de renouveau.

L'entreprise avait confié la direction du chantier à deux ingénieurs d'exception : Djido et Amos. On les appelait déjà « les prodiges » — des esprits créateurs capables de faire jaillir des plans les plus audacieux des structures tangibles et harmonieuses. Leur renommée les précédait, comme une promesse d'excellence. Quelques jours avant le premier coup de pioche, ils prirent les commandes du terrain, orchestrant le défrichement et le dessouchage des vingt hectares que devait occuper le projet. Les premières voies furent tracées ; l'aventure pouvait commencer.

Le 28 avril 2007, le soleil s'était levé sur Gapolo avec un éclat particulier, comme pour consacrer une journée historique. Ce fut ce jour-là que résonna le premier coup de pioche. L'événement, digne d'un faste rare, réunit autorités administratives, politiques et traditionnelles. La représentante du chef de l'État, Madame la ministre d'État chargée du développement endogène durable, conféra à la cérémonie un éclat officiel. La presse nationale, au grand complet, s'était mobilisée, faisant de l'instant une scène captée par tous les regards. Les discours s'élevaient, vibrants d'éloges, louant la vision du chef de l'État présenté comme un bâtisseur prêt à tous les sacrifices pour l'essor de la nation. Quand Agbodzi fut appelé à donner le premier coup de pioche, le silence s'imposa comme par respect instinctif, avant que n'éclatent les applaudissements. À ses côtés, M. Charles Smith, paré d'un prestige que la presse, dans son empressement, lui attribua à tort en le qualifiant de représentant du gouvernement américain. L'origine de cette méprise resta obscure, mais ajouta à la saveur de l'anecdote.

Des tentes immenses abritaient l'assistance, où des rafraîchissements circulaient dans un murmure de convivialité. Les sons des tambours et des balafons, mêlés aux chants des groupes musicaux venus des quatre coins du pays, donnaient au lieu un cachet de fête nationale. Dès l'aube, le site avait été envahi par une foule bigarrée d'invités. Une banderole, large et accueillante, proclamait fièrement : La Foire Agricole de Gapolo (FAG) vous souhaite la bienvenue. Les arrivées s'échelonnaient en bus et en voitures privées, et à onze heures précises, le cortège officiel fit son entrée, salué par le préfet, les chefs traditionnels et les députés de la région. La rumeur, insistante, murmurait même que le chef de l'État en personne apparaîtrait. La cérémonie se prolongea jusqu'à l'après-midi, et s'acheva à quinze heures dans une atmosphère de promesse et d'espérance.

Le dimanche 29 avril après-midi, à quinze heures précises, une impressionnante colonne d'engins motorisés s'ébranla de Tsévié en direction de Gapolo. Pareille à une armée en marche, la file ininterrompue de grues, d'excavateurs, de bétonnières et de camions-bennes avançait dans un grondement continu. Jamais le village de Gapolo n'avait assisté à un tel spectacle. Femmes, hommes et enfants, médusés, se pressaient le long de la route principale pour contempler le cortège mécanique. La circulation en fut presque paralysée. Finalement, cette imposante armada fit halte sur le site de la FAG. Dès les jours suivants, les allées et venues incessantes des camions chargés tantôt de sable, tantôt de gravier, tantôt de ciment ou de fer à béton devinrent le nouveau rythme quotidien du village.

Gapolo entrait dans une transformation irréversible, marquée par l'aube d'une nouvelle ère.

Construction du complexe hôtelier.

Dès le lundi 30 avril, le chantier s'anima. Les excavateurs, tels des bêtes d'acier, mordaient la terre avec un vacarme ininterrompu. Agbodzi, soucieux de la mémoire enfouie sous ce sol, rappela au chef de chantier la nécessité de photographier tout objet insolite avant enlèvement. Un agent fut désigné pour veiller, jour après jour, à cette vigilance. Au cours de la deuxième semaine, le sol granito-gneissique se révéla d'une résistance redoutable.

Mais quand enfin la roche céda, la terre livra ses secrets. Le premier éclat de poterie, banal en apparence, fut le prélude à une succession de découvertes. Des fragments de céramique, variés dans leurs formes et leurs couleurs, jonchèrent bientôt le sol comme les pages éparses d'une histoire oubliée. Puis surgit une jarre intacte, coiffée d'un couvercle gravé de signes énigmatiques : huit marques disposées en deux rangées verticales, rehaussées de noir. D'autres jarres suivirent, de tailles diverses, toutes porteuses de symboles semblables, comme si un langage ancien cherchait à ressusciter. Certaines regorgeaient de cauries, d'autres de perles aux teintes éclatantes. Un ossement, sans doute un fémur, apparut aussi, rappelant la présence humaine derrière ces vestiges muets. Chaque coup de pioche dévoilait davantage qu'un projet agricole : il révélait une mémoire ensevelie, un passé longtemps ignoré.

La nouvelle fit aussitôt accourir la presse, avide de relayer ce prodige. L'Université de Lomé, alertée, dépêcha une équipe d'archéologues pour encadrer les fouilles. Interrogé par les journalistes, Agbodzi partagea ses réflexions. Pour lui, deux hypothèses s'imposaient : ou bien un peuple antérieur avait occupé ces terres avant l'arrivée des Éwé, ou bien l'exode éwé s'était déroulé en vagues successives, fragmentées dans le temps, et que celle XVI ou XVII siècle n'était que la plus récente, restée vivace dans la mémoire collective. Ainsi, au cœur d'un projet de développement moderne, c'était toute une page d'histoire qui, lentement, se redéployait sous les yeux émerveillés des hommes.

Au sein du projet de développement entrepris, une découverte archéologique majeure fut réalisée.

Le département d'histoire de l'université de Lomé procéda rapidement aux analyses de datation des vestiges mis au jour. Les résultats indiquèrent que le fémur retrouvé appartenait à un individu ayant vécu au X☐ siècle. Cette donnée scientifique confirmait les hypothèses avancées par Agbodzi. Par ailleurs, les motifs gravés sur les couvercles des jarres furent identifiés comme des signes associés à l'oracle Fa. Cette interprétation donna une portée culturelle et spirituelle à la découverte, qui dépassait le simple cadre archéologique. En conséquence, la chronologie du peuplement régional se trouva remise en question. Une hypothèse émergea : les Éwé auraient, dans un premier temps, quitté ce territoire pour migrer vers l'est, avant d'y revenir plusieurs siècles plus tard.

Les certitudes s'effritaient, laissant place à des questions vertigineuses. Les historiens, désormais, avaient devant eux une énigme immense à déchiffrer. Les fouilles se poursuivirent, implacables, chaque fragment de poterie, chaque vestige, étant scruté comme un témoin silencieux du passé. L'atmosphère se chargeait d'une gravité nouvelle : on avait l'impression que la terre elle-même livrait à contrecœur ses secrets enfouis. Un jour pourtant, au détour d'une conversation avec l'un de ses partenaires, Agbodzi rompit cette solennité par une pointe d'ironie. Son sourire en coin contrastait avec la gravité de l'instant :

— Dommage qu'aucune pierre précieuse, ni même un lingot d'or, ne soit encore sorti de ce sol... La remarque fit sourire, mais elle rappelait aussi, à sa manière, la distance entre l'attente humaine et les vérités profondes que la terre consent à révéler.

Les travaux d'édification se poursuivirent après la fouille initiale. Les premières structures à émerger furent de vastes fosses, destinées à recueillir les eaux usées et à servir de puisards. Bientôt, le chantier prit corps : du sol jaillissait chaque jour un entrelacs de sable, de ciment, de fer et de gravier, s'élevant comme une forteresse en gestation vers le ciel. Un vacarme continu régnait alentour. Le grondement des moteurs, le vrombissement des bétonnières, le balancement des grues, le grincement des brouettes et l'incessant cliquetis des outils formaient une symphonie heurtée, ponctuée de rires, d'alertes et de mots d'encouragement des ouvriers.

Jadis, seuls les insectes et les oiseaux emplissaient l'air de leurs chants ; désormais, leurs voix s'éteignaient, étouffées par le tumulte des hommes et des machines.

L'ampleur des travaux exigea bientôt des réserves d'eau considérables. On fora un puits et, à la stupéfaction générale, on atteignit la plus vaste nappe souterraine jamais mise au jour dans le pays : un véritable fleuve enfoui sous la croûte terrestre. Les experts estimaient qu'elle pourrait, à elle seule, suffire à alimenter tout le territoire. Le gouvernement, saisi d'un tel prodige, décida d'ériger à Gapolo une station de pompage et de traitement des eaux.

Ainsi, un projet en engendra un autre. Ces circonstances favorables donnèrent du poids aux démarches qu'Agbodzi avait entreprises auprès de la nouvelle ministre de l'Administration territoriale : il plaidait pour le pavage de la route reliant Gapolo à Tsévié. L'État acquiesça, à condition que la FAG prît à sa charge le quart du coût de l'ouvrage. Agbodzi, habile négociateur, obtint que la FAG fût également maître d'œuvre du chantier. Les travaux commencèrent sans délai, confiés à la SOGA-BTP. L'asphaltage demanda neuf mois d'efforts ininterrompus. Lorsque la route fut livrée, les notables et responsables politiques de Gapolo et des environs organisèrent à Tsévié une marche de gratitude envers le chef de l'État. Motions de remerciements et dithyrambes fusèrent, louant la magnanimité présidentielle qui avait consenti à « offrir » un tel bienfait aux populations locales. Agbodzi, bien qu'invité, refusa d'y participer. On le taxa aussitôt d'opposant. Pendant ce temps, la FAG résonnait d'un langage nouveau : dalles, murs, encablures, tuyauteries formaient le vocabulaire quotidien. Le gros œuvre fut achevé en un temps record de douze mois, eu égard à l'immensité du bâtiment. Les finitions, auxquelles Agbodzi apportait un soin méticuleux, demandèrent encore une dizaine de mois. Les allées, bordées d'arbres vigoureux, semblaient célébrer la fertilité légendaire de Gapolo. Un lac artificiel avait été creusé à l'écart de l'hôtel, comme un secret offert à ceux qui savaient regarder.

Depuis les bureaux d'Agbodzi, sa surface miroitante s'ouvrait en un tableau d'une beauté apaisante : une invitation silencieuse à la méditation, un baume pour l'esprit et pour le corps lors des jours de tumulte. S'étendant sur l'équivalent de deux terrains de football, le lac dévoilait des berges aménagées avec une précision presque artistique. Sous le soleil, l'air vibrait en ondes lumineuses, comme si le monde lui-même respirait en rythme avec l'eau. Des oiseaux de toutes sortes venaient s'y poser, y tournoyer, y chanter, offrant à qui prenait le temps de les observer un spectacle gracieux, un véritable cirque aérien où la nature semblait se réjouir d'exister.

Les pelouses, d'un vert touffu et impeccable, complétaient le tableau. Enfin, tout fut prêt. L'inauguration fut fixée au 26 avril 2009, à la veille de la fête nationale de l'indépendance.

Inauguration de la FAG.

Le 26 avril 2009 restera gravé comme une date mémorable dans l'histoire de Gapolo et de la FAG.

Ce jour-là, la terre vibra d'un souffle nouveau, témoin d'une œuvre qui dépassait le rêve d'un seul homme pour s'ériger en patrimoine commun. À l'aube, le village fut secoué par vingt et un coups de salve, comme pour annoncer au monde la naissance d'une ère. Du ciel pur descendait une lumière tamisée, bénédiction muette des cieux, et le vaste jardin de l'hôtel principal, désormais baptisé Zio, se remplit peu à peu d'une foule bigarrée : associés, familles, amis, autorités et partenaires. Les délégations affluaient, et parmi elles, celle de Charles Smith, venu des États-Unis avec ses compagnons de voyage.

Conquis, ces visiteurs, la bouche encore émerveillée par la découverte, répétaient inlassablement dans un éwé approximatif : matrova kpoe — « assurément, je reviendrai ici ». À neuf heures sonnantes, le cortège présidentiel fit son entrée. L'instant devint solennel, suspendu. Le chef de l'État, entouré de ses ministres, prêta son prestige à l'œuvre naissante. Les cérémonies s'ouvrirent alors, rythmées par des poèmes qui exaltaient les vertus de l'amour, de la paix et de la cohésion, suivis par une procession de musiques venues des quatre coins du pays, palette sonore d'une nation rassemblée. L'air lui-même vibrait de ferveur.

Puis vint le moment attendu. Appelé au pupitre, Agbodzi s'avança, flanqué de sa famille entière. Son regard brillait de l'éclat d'un homme qui, au terme d'une lutte opiniâtre, contempla enfin l'accomplissement de son dessein. Sa voix, ferme et habitée, proclama la philosophie de la FAG : vivre en harmonie avec la nature nourricière, unir les chaînes de production afin de bannir le gaspillage, accueillir chaque client comme un invité de marque. Il peignit d'un trait assuré les horizons du projet : la cuisine togolaise, riche et variée, les piscines et le lac artificiel, les parcs de loisirs, le complexe sportif olympique, le jardin botanique. Il invita chacun à goûter non seulement les mets et les loisirs, mais aussi l'expérience authentique de la vie rurale : assister à la mise bas d'un agneau, participer à la récolte des haricots, toucher du doigt la source même de la subsistance.

Alors, dans un geste inattendu qui fit tressaillir l'assistance, le président de la République rompit le protocole : le ban fut ouvert, et Agbodzi, au milieu d'un tonnerre d'applaudissements, reçut la grand-croix de l'Ordre du Mono, la plus haute distinction civile du Togo. L'instant avait valeur de sacre. La journée s'acheva par une visite des stands et de l'imposant édifice de l'hôtel Zio, mais c'est la nuit qui offrit l'apothéose. Des concerts animèrent les salles de spectacle, et, quand sonna l'heure, le ciel de Gapolo s'embrasa : un festival de feux d'artifice éclata, soixante minutes durant, en un jaillissement de lumières inouï. Les étoiles mêmes, éclipsées par cette déferlante de couleurs, semblaient se courber devant la splendeur de l'instant.

La FAG, inaugurée en grande pompe, ouvrit une ère d'opportunités pour la région — et posa, simultanément, une cible sur le dos d'Agbodzi. Il y avait ceux pour qui cette visibilité devenait un crime : mieux valait étouffer dans l'œuf toute initiative susceptible de le mettre en lumière. On décida qu'il fallait l'accabler.

Chapitre 6

L'orage ne déracine pas les arbres dont les racines s'enfoncent au plus profond de la terre.

Tout commença dans le secret d'une rumeur à peine perceptible, telle une brise qui passe sans émouvoir les feuillages. La Croix, un grand journal chrétien, glissa dans ses colonnes le nom d'Agbodzi, l'accusant d'être un antéchrist. Près d'un million de lecteurs avaient accès à cette page, mais le bruit se perdit dans la masse des nouvelles, comme un cheveu tombé dans l'eau claire. Agbodzi, lui-même, n'en sut rien. Mais la flamme couve toujours avant d'éclater. Un autre journal reprit l'accusation. Cette fois, l'onde atteignit Agbodzi, qui se tourna vers son avocat. La menace de procès fit plier les auteurs : l'article fut retiré, et des excuses publiques rédigées, vaines tentatives d'éteindre l'incendie de la calomnie. Dans l'ombre, une voix s'éleva, plus dangereuse que les articles. Le pasteur Sam, dans son Église du Feu Ardent, fulminait contre Agbodzi. Du haut de sa chaire, il le couvrit d'anathèmes. « Ingrat ! Arrogant ! » tonnait-il. « Il croit être arrivé par sa seule force. Mais qu'il se souvienne : c'est par mes prières qu'il a été hissé là où il est. Celui qui monte à un arbre doit redescendre par la même voie ; s'il s'entête à choisir un autre chemin, la chute est inévitable. » Sa voix, prophétique et menaçante, se fit plus sombre encore : « Qu'il sache qu'il ne perd rien à attendre. Toute sa richesse n'est que grâce divine. Et moi, serviteur de Dieu, ce que je lie, reste lié, et ce que je maudis, le Ciel lui-même le maudit. Qu'il craigne la colère de l'Eternel, lent à s'enflammer, mais terrible lorsqu'il frappe. » Deux amis, témoins de cette homélie enragée, rapportèrent fidèlement ses paroles à Agbodzi. Celui-ci les écouta sans broncher, puis esquissa un sourire calme, presque ironique.

— Dites-moi, mes amis, que pensez-vous de tout cela ? Après un silence, il reprit :

— Treize ou quatorze ans ont passé depuis ma dernière visite dans son église. Qu'il s'occupe donc de ceux qui l'entourent encore, et qu'il m'oublie, moi, son « ancien protégé ». Son regard s'assombrit.

— J'aurais ri si l'affaire n'était pas si grave. Mais voyez nos pays : ils ploient sous de tels désordres. Des hommes qui se disent guides spirituels transforment la foi en menace et la religion en chaîne. Comment nos peuples avanceront-ils, si ceux qui se prétendent bergers nous conduisent au bord de l'abîme ? Cette pensée me pèse...

Et pendant ce temps, comme pour donner corps à sa prophétie, M. Anthony, celui qui avait parlé d'un orage imminent, se fit silence. Ses appels restaient sans réponse, ses messages sans écho. L'orage s'annonçait dans le ciel, mais nul ne savait encore où tomberait la foudre.

L'arme de la séduction.

Ce soir-là, Agbodzi assistait au mariage du fils d'un ami. Il s'y était rendu seul, Ena étant en voyage. Dans le tumulte joyeux des convives, un ami lui présenta une jeune femme : Awla. Elle n'avait pas trente-cinq ans et possédait la grâce de ces créatures que l'on dirait façonnées pour troubler.

Grande, sculpturale, elle avançait avec cette prestance naturelle qui impose le silence avant même la parole. Ses courbes, pleines et harmonieuses, se mouvaient avec une grâce étudiée, amplifiée par le claquement régulier de ses talons carrés sur le sol. Le tailleur, taillé à même sa silhouette, semblait conspirer avec la lumière pour en souligner les lignes, comme si le tissu lui-même rendait hommage à sa beauté. Ses lèvres, pulpeuses et soigneusement dessinées, étincelaient d'un rouge écarlate — promesse de feu et d'assurance. Son sourire éclatant révélait des dents d'une blancheur irréprochable ; son regard, ourlé de mystère, lançait des éclairs tamisés. Sa voix, douce et sucrée comme un zouk nocturne, enveloppait l'air d'une caresse sonore.

— Je suis Awla, dit-elle simplement, en lui tendant la main. Agbodzi la serra. Il y eut un instant suspendu, un souffle imperceptible entre eux. Ils échangèrent quelques mots, quelques politesses devenues compliments. Il osa un « Vous êtes sublime », qu'elle accueillit d'un sourire complice, où se mêlaient amusement et séduction tranquille. Un échange de coordonnées, une danse brève, puis il s'éclipsa. Au début, rien qu'une banalité. Quelques messages échangés les jours suivants, une curiosité sans conséquences.

Mais déjà, un détail inquiétait Agbodzi : leurs rencontres semblaient se produire uniquement lorsque Ena était absente. Était-ce le hasard ou une orchestration subtile ? La réponse vint un après-midi de 2009. Awla, annonçant sa visite à la foire, se présenta vêtue d'une minijupe transparente et d'un corsage plongeant. Elle jouait de son corps comme d'une arme. Agbodzi, courtois mais prudent, entreprit de lui faire visiter la ferme avant de l'emmener à la foire. À peine la visite commencée, Awla se pencha vers Agbodzi et, d'un souffle glissé à son oreille, lui confia qu'elle avait oublié son téléphone dans sa voiture. Elle insista pour aller le chercher. Puis, se retournant lentement, elle laissa son corps parler davantage que ses mots : ses hanches ondulaient avec une volupté étudiée, ses pas se faisaient caresses dans l'air, et la souplesse de sa démarche évoquait l'art consommé d'une séduction silencieuse. Chaque mouvement semblait conçu pour retenir le regard, attiser l'imaginaire, et laisser flotter derrière elle un parfum de trouble délicieux.

Lorsqu'elle revint, Awla se para d'un sourire fascinant, où l'innocence se confondait avec une provocation maîtrisée. Agbodzi, dans son élégance naturelle, la gratifia d'un compliment. Ils reprirent le tour. Le vent, complice du destin, soufflait plus fort ce jour-là. Le corsage d'Awla s'entrouvrit légèrement, révélant, au détour d'un pli, un scintillement secret. Dans la doublure, finement dissimulé, apparaissait un minuscule dispositif métallique. Un micro. Séduction et mystère s'emmêlaient désormais dans une équivoque troublante. Le doute se mua en certitude. Ce n'était plus une rencontre fortuite, mais un guet-apens savamment conçu.

Agbodzi, feignant un malaise, confia la suite de la visite au chef Amétépé et prit congé. Ce fut leur dernière entrevue. De retour à son bureau, il resta longtemps face au portrait de son père, comme pour y chercher conseil. Il se rappela alors ses avertissements : « Méfie-toi, mon fils. Les ennemis n'attaquent pas toujours de front. Souvent, ils viennent par le sourire d'une femme. »

Quelques mois plus tard, la confirmation éclata. Un jeudi soir, devant des millions de téléspectateurs, l'émission L'Enquête, animée par le journaliste d'investigation international Ferdo, dévoila les pratiques d'une secte tentaculaire : recrutement par séduction, chantage par enregistrements clandestins, fortunes extorquées. Parmi les visages montrés, Awla apparut, identifiée comme l'un des agents de la loge L2, dont M. Anthony lui-même était membre. Agbodzi frissonna. Tout s'éclairait : les calomnies dans les journaux, les malédictions du pasteur Sam, l'apparition d'Awla. Ce n'étaient pas des épisodes isolés, mais les facettes d'un même complot.

Il raconta tout à Ena, soulagé d'avoir échappé à ce piège. Mais il le savait désormais : ce qu'il avait vécu n'était qu'une escarmouche. La véritable guerre, elle, ne faisait que commencer.

Détruire de l'intérieur.

Au début de l'année 2009, le conseil d'administration donna son feu vert : Agbodzi pouvait procéder au recrutement pour l'hôtellerie de la FAG. Parmi les candidatures, un CV retint son attention. Le jeune homme se montra, lors de l'entretien, d'une énergie et d'une minutie rares. Il semblait taillé pour le poste de directeur des achats. Une bague à l'auriculaire droit attira un instant le regard d'Agbodzi ; il chassa cette distraction d'un sourire : ce n'était pas une audition pour la mode, pensait-il. Il offrit la place à Éric Eklou. La prise de fonction fut fixée au 31 mars, en attente de l'inauguration officielle.

Mais, dès le stage d'intégration, de petits signes éveillèrent la méfiance. Un jour, Agbodzi surprit Éric Eklou, au téléphone, déclarant à l'autre bout : « Tout marche comme sur des roulettes, personne ne se doute de rien. » À partir de cet instant, il décida de le surveiller. Un dîner fut organisé pour mieux jauger l'homme : le poste de directeur des achats était un poste clé, trop stratégique pour l'abandonner au hasard. Six mois plus tard, les soupçons se changèrent en certitudes. On surprit Éric Eklou en train de filmer des points névralgiques du complexe hôtelier et de la ferme attenante. Le service de sécurité intercepta un appel : on y projetait un « coup » médiatique. Un camion devrait livrer, en pleine visite de groupes de touristes étrangers, des sacs de carcasses de poulets pourris ; les journalistes seraient là pour immortaliser l'« infamie » — et ainsi décrédibiliser publiquement la FAG, championne des produits bios et de la qualité. La machine à piéger était simple et cruelle : honte publique, scandale sanitaire, clients effarouchés, réputation anéantie. Le service de sécurité alerta aussitôt la police et prépara sa riposte. Leur plan fut aussi ingénieux : intercepter le camion compromis et, au moment voulu, faire entrer à la réception un véhicule frère... presque vide, transportant quelques provisions authentiques de la FAG. Le jour J fut un lundi. La veille dimanche, monsieur Eklou fut vu tard le soir dans son bureau, apparemment absorbé par ses préparatifs. Le matin du lundi, Agbodzi le convoqua à huit heures, pour jauger son état d'âme. La fébrilité du jeune homme ne faisait plus de doute. En se séparant de lui, Agbodzi laissa tomber, presque en plaisantant, un message à double tranchant : « Éric, c'est ton moment de gloire — profite-en ! »

À neuf heures, le camion approcha et fut arrêté pour contrôle technique à un kilomètre de la FAG. Au même instant, le « leurre » préparé par la sécurité entra triomphalement à la réception. Éric Eklou, persuadé que tout se déroulait selon son signal, sortit accueillir la mise en scène. Il fit un geste, les journalistes accoururent, la meute se pressa, mais la stupéfaction fut immédiate : les cartons, ouverts sur place, livraient non pas des chairs pourries mais des légumes, des champignons frais, et des volailles abattues le matin même — des produits authentiquement issus de la ferme. L'homme blêmit. La police, déjà sur place, emmena Éric Eklou à son bureau où il fut officiellement arrêté.

L'enquête ne tarda pas à dévoiler l'ampleur du complot : il ne s'agissait pas d'un acte isolé, mais d'une mission. Éric Eklou, mis sous pression, finit par dénoncer ses commanditaires — ramenant la boucle à la loge L2, la secte dont M. Anthony était membre. Éric Eklou n'était pas seulement complice ; il avait été envoyé pour détruire, de l'intérieur, ce qui avait été patiemment construit.

À la fête des employés, en fin d'année 2009, Agbodzi prit la parole. Devant ses collaborateurs réunis, il évoqua les épreuves traversées — les aléas de la nature comme les attaques fomentées par des mains invisibles — et rappela une vérité amère : certains orages sont nés des hommes, non du ciel. Pour briser un rival, l'homme n'hésite pas à fabriquer la tempête ; il dispose de femmes, de complicités et de médias comme instruments. Puis, avec la gravité d'un maître d'œuvre, il ajouta : toute attitude d'indépendance se paie du qualificatif d'arrogance, et dans la logique de ces esprits, « l'arrogant » doit être détruit pour servir d'exemple. Il considéra le chemin parcouru : non pas la fin d'un combat — seulement une victoire d'étape. Les racines tenaient encore ; mais la lutte pour préserver ce qu'on avait bâti, contre l'usure et la trahison, ne faisait que commencer.

Une conviction inébranlable devant l'épreuve.

En ce mois de janvier 2010, Agbodzi sentit s'affaisser son corps naguère robuste : chaque effort le laissait exténué, l'appétit s'éteignait peu à peu, et son énergie vitale semblait atteindre le nadir. Il s'efforçait, par discipline, de se nourrir, persuadé qu'il ne s'agissait que de l'épuisement accumulé après trois années de labeur acharné, sans répit ni congé. Ena, inquiète, insista pour qu'il consentît à un repos, et, face à son entêtement, alerta Akouvi. Celle-ci, interne depuis 2007 au service de gynécologie-obstétrique, docteur en médecine depuis décembre 2008 et déjà résolue à embrasser la carrière de gynécologue oncologue, était désormais respectueusement appelée « Docteur Akouvi » dans la famille. Elle ordonna aussitôt une prise de sang à l'infirmerie de la FAG : le résultat de la goutte épaisse révélant une charge parasitaire faiblement positive au paludisme la conduisit à prescrire une cure d'artémisinine. L'amélioration fut brève, illusoire. Bientôt, une douleur aiguë, logée au bas du dos, s'ancra avec une intensité croissante. Les antalgiques restaient vains. Une nuit, saisi de frissons violents et prolongés, il se sentit comme vidé de toute substance. Sa fille, bouleversée, convainquit ses parents qu'une hospitalisation s'imposait. Ce fut, pour elle, la première expérience de son père terrassé par le mal. Mais Agbodzi exigea le silence, refusant que l'on en informe quiconque, et surtout pas sa vieille mère qu'il craignait d'accabler. C'est alors que surgit Lawoè, sa sœur cadette, hantée par un rêve funeste : elle l'avait vu, seul, encerclé par des ennemis armés, tel un gibier pourchassé par une meute d'hyènes. Elle rappela à Ena les complots récents contre la FAG, échoués de peu, et avertit que négliger les signes eût été une faute spirituelle. Malgré ses mots, elle suivit docilement la famille jusqu'à l'hôpital de référence, l'Autel de Mawu de Lomé, où Agbodzi fut admis au service des maladies infectieuses. La fièvre monta aussitôt à quarante degrés, jugulée par des injections de paracétamol. Une batterie d'examens fut entreprise : scanners, analyses, prélèvements sanguins et urinaires. Les antibiotiques à large spectre demeuraient inefficaces. Les jours passaient, ponctués de rémissions trompeuses et de rechutes. Après une semaine, seul le compte rendu radiologique évoquait une sacro-iléite non spécifique (une atteinte de l'articulation du bas du dos par l'inflammation). Lawoè, convaincue d'une atteinte surnaturelle, lança en secret une neuvaine avec ses coreligionnaires du renouveau charismatique. Lors du staff médical de la deuxième semaine, le cas fut présenté par le Dr Zanu, médecin en spécialisation en maladies infectieuses. Le débat s'épuisait en conjectures lorsque la Pr. Nyuiemabu, directrice nationale des laboratoires, interrompit la séance pour interroger sur la profession du patient. On lui répondit qu'il s'agissait d'un homme d'affaires. Akouvi prit alors la parole : « Mon père est fermier, il élève des ovins. » Ce mot fit jaillir la lumière. La Professeure Nyuiemabu se leva, solennelle : « Fièvre vespérale, douleurs lombaires, fatigue, anorexie… Docteur, songez aux zoonoses. » Un étudiant murmura : « Brucellose. » Le diagnostic s'imposa. Des prélèvements furent expédiés à Accra, au Ghana voisin. Le lendemain déjà, la sérologie confirmait la brucellose. Le traitement antibiotique ajusté fit son œuvre : une semaine plus tard, les cultures donnaient raison à la Pr Nyuiemabu.

Dans la troisième semaine, Agbodzi fut libéré de l'hôpital, avec consigne de poursuivre six semaines de traitement.

Un mois après son retour de l'hôpital, Agbodzi avait retrouvé toute la vigueur de ses jours ordinaires. Un soir, alors que le calme régnait dans la maison, Ena l'interrogea d'une voix soucieuse :

—N'avais-tu jamais songé à quelque influence maléfique derrière ta récente maladie ? Elle évoquait à mots couverts ces complots que, par le passé, ils avaient déjoué de justesse. Agbodzi répondit par un sourire, mais son ton resta empreint de pragmatisme.

— Nous avons devant nous l'évidence d'une maladie, dit-il. Le mécanisme, ou plutôt la physiopathologie de ce mal, est connu : il s'agit d'une bactérie. Quant aux autres possibilités, surtout métaphysiques, honnêtement, je n'en sais rien. Ne me rejoue surtout pas l'anecdote de ce professeur d'université dont je vous avais parlé. Son fils avait souffert d'un neuropaludisme, le diagnostic ne faisait aucun doute, mais un médium le convainquit que des forces obscures en étaient la cause. Puis, après un silence, il ajouta :

— Pour ma part, je m'en tiens au diagnostic établi. Le traitement a confirmé qu'il était juste. Errer dans des supputations ne ferait que nous détourner de l'essentiel. La véritable question, pour moi comme pour nous tous, est d'identifier la source de la contamination. Si nos ennemis avaient introduit du bétail infecté dans nos troupeaux, ce serait une piste à examiner. Il se redressa et poursuivit, avec cette fermeté qui trahissait sa volonté intacte :

— J'avais demandé, dès le dernier trimestre, un test vétérinaire sur les nouveaux moutons reçus. Ils demeurent toujours en quarantaine, selon nos protocoles, et je me suis personnellement impliqué dans leurs soins. Depuis mon retour de l'hôpital, j'ai écrit au service des contrôles de santé animale de la préfecture. En attendant, nous avons pris nos propres précautions : les bêtes infectées doivent être isolées puis abattues, car nul traitement n'existe pour elles. Quant à notre cheptel, il est vacciné, et nous ne faisons aucune concession lorsqu'il s'agit de santé animale.

De la conversation apparemment anodine qu'il avait eue avec Ena, une conviction sourde s'imposa peu à peu à l'esprit d'Agbodzi : il ne s'agissait point de paranoïa, mais peut-être de l'ombre réelle d'un complot, une forme insidieuse de guerre bactériologique. Et si des animaux infectés avaient été sciemment introduits pour contaminer ses troupeaux, et que lui-même n'avait été qu'un dommage collatéral ? La finalité n'était peut-être pas encore sa mort, mais bien sa ruine, son abaissement, sa chute. À mesure que les jours s'écoulaient, cette hypothèse prenait corps, se dressant comme une réalité de plus en plus plausible : celle d'une guerre d'usure où toutes les machinations, les plus perfides, étaient mises en branle. Une guerre totale. Mais comment démêler l'intrigue, si

145

intrigue il y avait ? À qui confier le soin d'en percer les fils obscurs ? Tracer la provenance des animaux paraissait en soi aisé ; encore fallait-il que les vendeurs ne fussent point complices. Agbodzi engagea alors le service de deux détectives réputés pour la rigueur de leurs enquêtes. Rapidement, une anomalie surgit : le dernier maillon de la chaîne, un partenaire d'affaires de longue date qui lui avait jadis permis d'acquérir des cheptels venus du Sahel, avait disparu depuis le début de sa maladie. Ni appels, ni messages ne recevaient plus de réponse. Des semaines de recherches patientes finirent par le localiser au Bénin voisin. L'homme, d'abord sur la défensive, se montra même agressif. Mais il ignorait l'habileté de ces enquêteurs chevronnés. Acculé par des preuves irréfutables de transactions frauduleuses, des irrégularités suffisamment graves pour lui valoir de longues années de prison, il finit par céder. Sous la pression, il livra quelques noms. L'enquête révéla l'impensable : certains moutons avaient été volontairement inoculés, la veille de leur vente à la FAG, par des préparations contenant la bactérie de la brucellose. Et derrière ce forfait se profilait un visage connu : le commanditaire n'était autre que celui-là même qui avait formé l'ancien employé félon, Éric Eklou. Son nom : Rudolph, membre influent de la redoutable loge L2. Agbodzi en demeura frappé d'incrédulité. Mais, à la réflexion, il comprit qu'une attitude purement défensive ne pouvait constituer une stratégie victorieuse.

La loge L2 était une secte dont le seul nom suffisait à glacer bien des cœurs. Sa sinistre réputation franchissait les frontières du Togo. On lui prêtait d'innombrables forfaits jamais élucidés : crimes obscurs, trafics de stupéfiants, rituels impies, blanchiment d'argent, et surtout cette intrication subtile avec les rouages politiques et les arcanes du pouvoir, qui la rendait presque intouchable.

Plus d'un journaliste, téméraire ou simplement curieux, avait payé de sa vie le prix de ses investigations ; d'autres s'étaient mués en laudateurs zélés de la secte, préférant l'allégeance à la disparition.

Agbodzi perçut, quand il côtoyait monsieur Anthony, des marques qui semblaient révéler l'appartenance à une confrérie voilée. Il l'avait vu en compagnie d'hommes et de femmes qui portaient à l'auriculaire droit une bague singulière, comme un sceau d'allégeance muette. Et lorsqu'ils s'adressaient les uns aux autres, c'était par une formule énigmatique, chargée de gravité : frère de la paix, sœur de la paix. Ces mots, répétés avec solennité, résonnaient moins comme une simple civilité que comme la proclamation discrète d'un pacte invisible.

La révélation ne bouleversa pas seulement Agbodzi par sa gravité : elle l'illumina d'une vérité plus vaste. L'ennemi ne pouvait être vaincu par une simple riposte matérielle. Toute défense, si bien agencée fût-elle, finirait tôt ou tard par se rompre face à une organisation qui se nourrissait des ténèbres de l'ignorance et du désarroi des hommes. Alors germa en lui une résolution nouvelle : éteindre le mal à sa racine, non par les armes, mais par la lumière de l'esprit. Non plus répondre dans l'ombre, mais dresser au grand jour un rempart d'éducation et de raison critique. Ainsi prit forme, d'abord comme une étincelle puis comme une conviction ardente, l'idée d'un Institut africain de la connaissance. Un lieu voué à l'émancipation intellectuelle, où l'on apprendrait à se libérer des superstitions, à discerner la vérité de l'illusion, et à construire la dignité non dans la crainte, mais dans la maîtrise de soi et la compréhension du monde.

Pour Agbodzi, la FAG devait être bien plus qu'un projet : une œuvre humaine, un espace de croissance où l'homme, dans toutes ses dimensions — économique, sociale et culturelle —, trouverait les conditions de son plein accomplissement.

Chapitre 7

La FAG : un concept et un modèle économiques

La FAG reposait sur une organisation tripartite, pensée comme un tout cohérent où chaque compartiment se complétait et renforçait l'autre. Le premier était la ferme, vaste domaine où se mêlaient élevage et agriculture biologique. Au fil des ans, l'aire agraire avait connu une extension notable, consacrée surtout aux cultures vivrières. Certaines céréales anciennes, jadis délaissées au profit d'espèces introduites durant la colonisation, y furent réhabilitées, non seulement pour nourrir les populations mais aussi comme objet d'expérimentation : améliorer la productivité, réduire la durée du cycle de production, préserver un savoir agronomique menacé d'oubli. On y trouvait également une zone de conservation dédiée aux fruitiers endogènes en voie d'extinction, véritable sanctuaire végétal. La ferme fonctionnait dans une logique circulaire : le compostage fournissait l'engrais vert, les pâturages alternaient avec les jachères, et le bétail se nourrissait d'herbes sauvages enrichies de foins soigneusement sélectionnés pour leur valeur énergétique. L'élevage d'ovins et de volailles était depuis le début de la ferme, l'activité fondatrice qui forgea la renommée de la FAG. Les déchets organiques étaient transformés en gaz naturel, l'énergie solaire complétait l'approvisionnement énergétique, tandis que l'eau provenait d'une grande retenue créée par l'élargissement des rives d'un étang ancien, ainsi que de forages. Bientôt, des unités de transformation virent le jour : une confiserie et, surtout, l'unité de salaisons qui fit connaître la FAG au-delà des frontières. Emballés dans des feuilles d'aluminium frappées du sceau de la ferme, les produits de salaison portaient désormais son nom jusque sur les marchés étrangers. Une décennie plus tard naquit le second compartiment : la foire. D'abord modeste, elle n'exposait que les produits de la ferme de Gapolo. Mais Agbodzi sut convaincre les agriculteurs voisins de s'y joindre. Une taxe prélevée sur les affaires, centralisée dans un guichet unique, assura son fonctionnement. Mensuelle dans ses débuts, la foire devint hebdomadaire avec l'inauguration du complexe hôtelier. Elle devint bientôt un rendez-vous attendu, offrant une gamme variée de denrées bio à des prix accessibles.

Enfin, le troisième compartiment vint parachever l'ensemble : le complexe hôtelier et le parc récréatif. La foire fut agrandie de plusieurs hectares, abritant désormais un grand restaurant-buffet où les mets, préparés à la demande, embrassaient toutes les traditions culinaires. On y mangeait frais, abondant et de qualité, à des coûts abordables.

À ses côtés s'éleva un vaste parc d'attractions. Montagnes russes, jets d'eau, toboggans, manèges variés : tout concourait à en faire, dès son ouverture, l'attraction phare de la région.

Un lac artificiel fut ajouté au décor grâce à la découverte de la nappe phréatique la plus importante du pays. Un kilomètre plus loin, dans un cadre idyllique, se dressait l'hôtel. Une large avenue bordée d'arbustes taillés avec soin conduisait à ce majestueux cinq étoiles de sept étages, dont la cour se déployait comme un jardin botanique. À côté du bâtiment principal, des villas de divers standings accueillaient les hôtes. L'ensemble s'adossait à un imposant complexe sportif : piscines, dont certaines olympiques, terrains de football, de handball, de basketball, etc.

Ainsi la FAG s'imposa comme une véritable cité onirique : un lieu où l'esprit sain se loge dans un corps sain, nourri aux produits frais de la terre, dynamisé dans un espace harmonieux et serein, et tendant, dans cet équilibre retrouvé, vers l'ataraxie.

Depuis son inauguration, la FAG ne désemplissait jamais : un flux continu de visiteurs, venus du pays comme de l'étranger, animait sans relâche ses allées.

Agbodzi avait fait le pari du tourisme intérieur. Les familles, attirées par l'originalité de l'offre, bouclaient des séjours d'une semaine, heureuses d'offrir à leurs enfants des vacances pleines de découvertes. Les plus jeunes se laissaient enivrer par la diversité des activités du parc et surtout par les mets savoureux dont ils se régalaient à l'excès. Pour rendre ces séjours accessibles, un programme généreux offrait jusqu'à la moitié des prix habituels durant les périodes de congés. Désormais, les grandes manifestations sociales s'annonçaient des mois, parfois une année entière à l'avance. L'aménagement ultramoderne avait métamorphosé la foire en un lieu incontournable. Familles de la sous-région ouest-africaine et visiteurs étrangers s'y pressaient, conjuguant achats de produits biologiques et moments de détente partagés. Les Togolais de la diaspora, eux, n'imaginaient plus rentrer au pays sans franchir le seuil de la FAG.

Ce fut lors de l'inauguration que se dessina un dessein plus grand encore. Monsieur Charles Smith, diplomate afro-américain et ancien athlète de renom, échangea longuement avec Agbodzi. Charles, qui avait récemment retrouvé ses racines au Bénin, au Togo et au Ghana par le truchement d'un test ADN, confia ressentir à chaque voyage une vibration singulière, une appartenance profonde aux terres de ses ancêtres. À leurs côtés se trouvaient des dizaines de touristes afro-américains qu'il avait guidés vers cette rencontre symbolique. De leur dialogue jaillit une idée puissante : recréer un espace de retrouvailles entre l'Afrique et ses diasporas, à l'image du flambeau jadis porté par les pionniers du panafricanisme, W. E. B. Du Bois, Marcus Garvey, Kwame Nkrumah.

Mais avant de convoquer les sphères politiques, Agbodzi et Charles choisirent d'ancrer ce projet dans un cadre culturel, persuadés qu'il fallait d'abord cicatriser les blessures et rassembler les fragments d'une unité perdue. Car les fragments étaient innombrables depuis le cataclysme du XV siècle, lorsque l'irruption des puissances européennes inaugura l'esclavage et ses abominations. Ce crime sans équivalent, le plus vaste déplacement forcé de populations qu'ait connu l'histoire, demeurait une plaie ouverte. Certains rappelaient le rôle trouble de quelques Africains complices ; mais pour Agbodzi et Charles, il ne faisait aucun doute : Africains de l'intérieur et diasporas étaient ensemble les victimes d'un même désastre, brisés par la même chaîne. Comme toute tragédie, celle-ci appelait un suivi et une réparation, car même si les générations actuelles n'avaient pas connu la traversée ni les fers, elles en portaient les séquelles. La science l'avait montré : la mémoire des douleurs se transmet, les traumatismes se déposent dans les corps et traversent les âges. Agbodzi, fidèle à sa conscience, n'avait jamais caché son appui aux mouvements réclamant réparation pour les descendants de l'esclavage. Sa conviction était claire : seule la reconnaissance pleine de ce crime et une main tendue entre l'Afrique et sa diaspora pouvaient ouvrir la voie d'une unité véritable, fondée sur la dignité retrouvée et la mémoire réconciliée.

Les deux se partagèrent la tâche : Agbodzi prit en charge la région Afrique tandis que Charles se consacra aux diasporas. Les contacts se multiplièrent par l'entremise de relations personnelles ou grâce aux médias, dont l'essor facilitait désormais les rapprochements, même avec des personnes jamais rencontrées. Des réunions en ligne précisèrent peu à peu les contours du projet.

Un thème général fut adopté : « L'africanité à travers le temps et l'espace ». Le cadre de la rencontre reçut pour nom : « Semaine culturelle de l'Afrique et de ses diasporas ». Historiens, philosophes, sociologues et chercheurs de descendance africaine furent approchés et conviés à y participer. Le choix du lieu fut soumis à une sélection rigoureuse : dix sites à travers le monde furent étudiés avant que la FAG ne soit retenue à l'unanimité. Pour éviter tout soupçon de favoritisme, ni Agbodzi ni Charles ne prirent part au vote. La rencontre s'ouvrit le lundi 19 mars 2012, dans la grande salle de conférence de l'hôtel Zio. Outre les 240 participants venus de divers horizons, des autorités politiques, traditionnelles et religieuses prirent part aux cérémonies d'ouverture. Une prestation du Gazo-Group de Gapolo retint l'attention par sa richesse rythmique et sa vitalité. Puis les conférences se succédèrent, certaines en plénière, d'autres en sessions parallèles.

Le point d'orgue fut la première plénière, introduite après l'ouverture solennelle. L'orateur principal était le sage Ousman Nyemogo, professeur émérite d'histoire à l'Université du Bénin, spécialiste des déportations africaines et pionnier dans la dénonciation de l'expression « traite négrière », qu'il refusait pour lui préférer le terme exact d'esclavage transatlantique. Son récit bouleversa l'assemblée : « Nous étions ici. Nous avons toujours été ici. Nous vaquions à nos occupations — agricoles, sociales, récréatives —savourant la vie dans son abondance. Nos marchés étaient animés, nos champs fertiles, nos femmes parées de perles. Parmi nous vivaient des braves, des sages, mais aussi des êtres querelleurs ou cruels, comme partout. La terre était vaste, chaque famille connaissait ses limites, mais nul ne parlait de frontières. Nous étions ici, lorsque de longues pirogues apparurent. Leurs occupants ne nous ressemblaient pas, mais ils avaient la figure d'un homme. Ils ignoraient nos langues. Nous les avons approchés avec précaution. Ils voulaient commercer ; nous acceptâmes. Selon notre tradition, nous avions toujours réservé une place autour de l'assiette pour l'étranger. Ils mangèrent nos mets, burent notre eau, notre alcool, puis repartirent. Ils revinrent, disant habiter au-delà de la mer. Pour nous, la mer marquait la fin de la terre. Nous n'avions nul besoin de la franchir. Un jour, ils prirent l'un de nos frères, disant avoir besoin de bras valides. Il ne revint jamais. Ils en demandèrent d'autres. Nos sages refusèrent : ils furent tués sous nos yeux. La violence, alors même que nous n'étions pas en guerre, glaça nos cœurs. Désormais, seuls les criminels de chez nous osaient les fréquenter.

Ils disposaient de fusils qui tuaient à distance, de filets puissants pour piéger nos gens. Ils capturaient au retour du champ, dans les maisons, même lors de funérailles. Nos villages se vidèrent. Les champs devinrent jachères, la production s'effondra, famine et maladies décimèrent les survivants. Ce furent des siècles de déchirement et d'attrition. Parents et enfants, pris dans la tourmente, n'eurent pour seule ressource que leurs larmes, réduits à l'impuissance, atteints tout à la fois dans leur corps et dans leur âme.

Beaucoup fuirent vers l'intérieur des terres, mais ils étaient toujours traqués. Nous n'eûmes pas même le temps d'honorer nos morts par des rites funéraires. Certains racontent que nos frères furent échangés contre des miroirs. Or je n'ai jamais vu les tessons de ces miroirs. Oui, il y eut des traîtres parmi nous, mais ce furent quelques têtes seulement. Vous êtes ici aujourd'hui, descendants de cette longue tragédie. Nous avons été affectés par la même barbarie qui vous a arrachés à nous. Nos sociétés furent désorganisées pendant des générations. Mais aujourd'hui je vous dis : bienvenue chez vous, dans notre maison commune. L'hégémonie qui motiva hier les envahisseurs n'a pas disparu du monde. Elle rôde toujours. Faisons de la philosophie Ubuntu notre guide, mais sachons aussi nous rendre puissants, afin de ne jamais plus redevenir la proie facile des fauves parmi les hommes. »

Le silence qui suivit son discours fut aussi profond que l'émotion qu'il avait soulevée. Les autres activités de la semaine furent pensées pour adoucir la douleur de ces plaies ravivées : musiques traditionnelles et modernes, danses cultuelles, théâtre, contes, griots, arts plastiques. Des espaces de rencontres en petits groupes favorisèrent des échanges plus intimes. Un « quartier libre » fut aménagé à la fin du programme officiel. La première édition de la Semaine culturelle fut un succès retentissant. Ses échos résonnèrent bien au-delà de la FAG, atteignant les quatre coins du globe.

Retransmis par les chaînes de télévision et porté par les plateformes numériques aux quatre coins du monde, l'événement fit entrer la FAG dans la sphère planétaire. Le comité d'organisation de la Semaine culturelle proclama qu'elle reviendrait désormais tous les deux ans. Ainsi, la FAG s'éleva au rang de site touristique majeur, reconnu sur l'échiquier mondial.

Ainsi, sous l'impulsion d'Agbodzi, la FAG connut une ascension qui dépassa toutes les prévisions. Ce qui n'était au départ qu'une modeste foire agricole devint, en l'espace de quelques années, un véritable empire rural — un marché régional, un centre d'échanges, un symbole de renaissance économique et culturelle. Son nom, Foire Agricole de Gapolo, résonnait désormais bien au-delà des frontières du Togo. Portée par une vision claire et une rigueur sans faille, la FAG s'érigea en modèle d'intégration entre tradition et modernité. Son complexe hôtelier, son parc d'amusement pour enfants, et ses infrastructures pensées pour le confort des visiteurs témoignaient d'une alliance harmonieuse entre l'ingéniosité locale et la contribution décisive de la diaspora togolaise. Gapolo, jadis simple bourg rural, était devenu une vitrine du génie africain.

Mais la grandeur de cette œuvre ne résidait pas seulement dans les pierres et les chiffres : elle vivait dans les cœurs, dans les mentalités transformées. La ferme-mère, jadis expérimentale, s'était muée en un centre de rayonnement scientifique et social : élevage, transformation agroalimentaire, recherche appliquée, tout y concourait à faire de la terre une source de savoir et de dignité. Agbodzi, par sa seule foi dans la valeur du travail, avait ranimé l'espérance. Sous sa houlette, la FAG devint bien plus qu'une entreprise : un mouvement de réhabilitation du travail humain, une philosophie socio-économique érigée en modèle mondial. Les observateurs étrangers la citaient comme la preuve que l'Afrique pouvait concevoir et réaliser ses propres utopies concrètes. Et dans le murmure des soirs à Gapolo, quand le vent glissait sur les collines et que les lumières du complexe se reflétaient sur les toits du village, on murmurait ce nom avec respect : Agbodzi, l'homme qui avait rendu à la terre son éclat et à son peuple la fierté d'y croire encore.

Les associés de la FAG.

À la FAG, nul n'était « employé » ; tous portaient le titre d'associés. Et ce mot n'était pas un ornement rhétorique, mais la traduction vivante d'une réalité profonde. Agbodzi avait su convaincre ses partenaires que le travail, sanctuaire de la dignité humaine, devait être honoré et élevé. Les salaires, établis à un niveau compétitif, étaient solidement arrimés au rythme de l'inflation, garantissant à chacun le maintien de son pouvoir d'achat.

Mais cette base, déjà audacieuse, n'était que le socle d'une vision plus vaste. Car Agbodzi fit jaillir de la FAG une révolution sociale : vingt pour cent des bénéfices annuels étaient redistribués aux associés — moitié en primes sonnantes et trébuchantes, moitié en actions, les liant à jamais au destin de l'institution qu'ils bâtissaient de leurs mains. À ce pacte inédit s'ajoutait une innovation téméraire : chaque fois qu'un associé confiait ses économies à des fonds d'investissement, la FAG égalait sa mise, doublant ainsi son effort d'épargne. Assurance maladie, assurance vie équivalente à deux années de salaire, bourses pour les enfants, aides à l'apprentissage des métiers, accompagnement financier permanent : tout conspirait à élargir l'horizon des familles et à briser les chaînes séculaires de la pauvreté. Les portes de la formation et des stages internes s'ouvraient pour propulser les plus valeureux à des échelons supérieurs. Les anciens, tel le doyen Amétépé, reçurent un hommage particulier : un bonus spécial en actions leur fut accordé, afin que leur labeur rejoigne en héritage le nouveau statut glorieux de la FAG.

Grâce à cette mutation, la productivité s'envola à des sommets jamais atteints dans toute la sous-région. L'indice de satisfaction des associés devint si éclatant que l'Institut national du travail, abandonnant ses statistiques, préféra mettre en lumière des récits de vies transformées : une veuve retrouvant la joie de vivre grâce à la bourse universitaire accordée à son fils, un manœuvre sans qualification devenu chef d'équipe respecté. Bientôt, la plupart des associés possédaient leur maison, et le spectre de l'absence injustifiée s'évanouit. Certains allaient jusqu'à murmurer qu'ils trouvaient plus d'épanouissement au sein de la FAG qu'au foyer familial.

En un temps record, une métamorphose s'opéra : la pauvreté recula, l'espérance s'avança. La bibliothèque ultramoderne, dressée à l'orée de la foire, se fit phare de savoir, et déjà l'Institut africain de la connaissance, enfanté du rêve d'Agbodzi, se profilait comme temple d'élévation spirituelle et intellectuelle, où quiconque pourrait dépasser les ténèbres de l'ignorance. Ainsi se révéla la philosophie de la FAG : non pas seulement produire, mais transformer des existences et bâtir un avenir. L'entreprise était née d'un pari insensé : celui d'un rêveur. Agbodzi croyait à la bonté des hommes, croyait que la richesse engendrée en commun devait irriguer équitablement tous ses artisans.

Lorsque vint le temps d'arracher les fonds nécessaires à la naissance de la FAG, il prit le bâton de pèlerin, sillonnant Amérique et Europe pour rallier ses compatriotes. Rien ne l'arrêta, car il refusait les obscurités du mysticisme pour la clarté de la rationalité. Il rêvait, oui : d'équité, de justice, de préservation des trésors de la nature dont l'humanité n'était que la dépositaire. Et ce rêve, incarné dans la FAG, se propagea comme une onde : bientôt, d'autres corporations furent contraintes d'améliorer les conditions de leurs travailleurs. Les employeurs ne s'appauvrirent pas, mais les employés, eux, échappèrent à la condition humiliante des travailleurs pauvres. Nul ne peut sonder l'avenir, mais une certitude s'imposa : Agbodzi avait, à jamais, transfiguré la notion de travail. Ses armoires, bientôt trop étroites, ploieraient sous le poids des trophées de reconnaissance, éclatants témoignages d'un destin inscrit dans la mémoire du monde.

La famille des associés ne s'arrêtait de croître. Toyi avait longuement mûri sa décision avant de rentrer au pays. Les discussions avec Agbodzi furent franches, empreintes de confiance et de nostalgie. Ce dernier, qui cumulait déjà plusieurs fonctions à la FAG, accepta de lui céder la direction de la production animale, à condition qu'il suive un stage de mise à niveau. C'était une marque d'estime, mais aussi de rigueur, telle qu'Agbodzi savait l'imposer à tous, même à ses plus proches.

Lorsqu'il prit fonction en août 2014, Toyi eut le sentiment d'ouvrir une nouvelle page de sa vie. On lisait dans son regard une détermination tranquille, celle de l'homme qui revient sur la terre de ses ancêtres pour réparer un rendez-vous manqué. Plus d'une décennie d'exil volontaire aux États-Unis l'avait maintenu éloigné de son vrai métier, celui de l'ingénieur agronome formé pour servir la terre et non pour errer d'emploi en emploi dans un monde qui n'était pas tout à fait le sien. À la FAG, il trouva enfin un sens, une respiration, un lieu où sa compétence rencontrait sa passion. Il s'y donna corps et âme, comme s'il voulait rattraper le temps perdu. Son admiration sincère pour Agbodzi facilita son intégration et renforça son engagement. Il avait d'ailleurs placé toutes ses économies personnelles dans le capital de la société — un geste à la fois audacieux et émouvant, symbole d'une foi profonde dans la vision de son aîné.

Son retour au pays n'aurait pas été possible quelques années plus tôt. Activiste politique notoire, membre d'un mouvement d'opposition, Toyi avait été averti à maintes reprises des risques qu'il courait : arrestation, ou pire, empoisonnement politique. Il lui fallut le courage des hommes qui choisissent de revenir malgré tout, convaincus que la peur finit par corrompre la dignité. Le changement politique survenu dans le pays ouvrit enfin une brèche dans ce mur d'exil intérieur. Son épouse resta aux États-Unis pour assurer la scolarisation de leurs enfants. Toyi, lui, s'installa dans le village de la FAG, un quartier moderne et verdoyant construit à un kilomètre du siège principal. Le duplex qu'il occupait, avec ses trois chambres, son vaste salon et ses terrasses baignées de lumière, offrait tout le confort matériel qu'il n'avait jamais osé espérer. Mais c'est la proximité de la terre, le parfum des champs, la rumeur des machines agricoles au petit matin, qui lui donnaient le sentiment d'être enfin à sa place.

Les semaines qui suivirent son installation furent intenses. Toyi s'adapta rapidement au rythme exigeant de la FAG. Il redécouvrit la rigueur du travail de terrain, la complexité de la coordination des équipes, mais aussi la satisfaction profonde de voir naître sous ses yeux les fruits d'un effort collectif. Chaque matin, il se levait avant le soleil, parcourait à pied les allées du site, humait l'odeur du fourrage frais et notait mentalement tout ce qu'il fallait améliorer. Cette routine, loin de l'épuiser, lui rendait son énergie d'autrefois — celle qu'il croyait perdue dans l'exil et l'incertitude.

Peu à peu, il prit conscience que la FAG n'était pas qu'une entreprise : c'était un espace de renaissance. Agbodzi y avait insufflé une philosophie où le travail, la connaissance et la liberté intérieure formaient les trois piliers de l'accomplissement humain. C'est dans ce contexte que Toyi entendit parler de l'Institut Africain de la Connaissance (IAC), une création parallèle d'Agbodzi, ouverte à tous ceux qui souhaitaient repenser autrement le monde. Un jeudi après-midi, il décida d'y assister pour la première fois. Le thème du jour, annoncé sur le panneau à l'entrée, portait un mot qui résonna en lui comme une promesse : Liberté. Sans le savoir encore, cette conférence allait marquer un tournant dans sa compréhension de la vie, du travail et de lui-même.

Agbodzi y reprenait une méditation entamée trois ans plus tôt. Ses mots, sobres et puissants, semblaient s'adresser directement à Toyi — à l'homme qu'il avait été en exil, prisonnier de ses craintes et de ses doutes. Ce fut pour lui une révélation. Dès lors, les deux hommes se rapprochèrent. Agbodzi, plus âgé d'une décennie, voyait en Toyi un frère d'âme. Toyi, lui, le considérait comme un guide, un phare dans la tempête de la reconstruction. Entre eux, naquit une amitié d'estime et de reconnaissance, celle qui unit les hommes que la vie a blessés mais que la foi dans l'avenir a réconciliés.

Ainsi, l'œuvre d'Agbodzi avait franchi les frontières, porté par les témoignages, les études et les récits émerveillés. Aux dernières nouvelles, une pétition mondiale était en marche pour soumettre sa candidature au prix Nobel du développement humain, une distinction nouvellement créée. Ironie du sort ou justice du destin, le monde semblait enfin reconnaître que la vraie grandeur ne réside pas dans les tours d'acier ni dans les fortunes accumulées, mais dans la capacité d'un homme à transformer la terre et les consciences.

L'Institut Africain de la Connaissance (IAC)

L'IAC surgit d'un constat grave qu'Agbodzi porta comme un fardeau : l'ignorance, compagne séculaire de l'homme, et la faiblesse de l'esprit critique ouvraient un boulevard aux obscurantismes, aux sociétés secrètes, aux addictions religieuses où l'homme, en quête de repères, perdait son âme. Face à cette obscurité, Agbodzi voulut dresser un flambeau. L'éducation serait l'arme, l'esprit critique le bouclier, la vérité objective la terre promise. Des classes s'ouvrirent, semblables à des clairières dans la forêt. Des maîtres en sociologie, en logique, en philosophie et en histoire vinrent y porter la lumière.

Agbodzi prit la parole, et sa voix résonna comme celle d'un oracle antique : — L'homme, dit-il, cherche sans cesse à appartenir, à se fondre dans une communauté, pour le prestige qu'il croit y gagner. Mais ce prestige, parfois réel, souvent chimérique, se paie au prix le plus cruel : celui de la liberté intérieure. Prenez garde aux assemblées qui aliènent la conscience, car là commence la servitude. Il rappela encore que, face aux énigmes métaphysiques, nul ne détient la clef de la vérité absolue. Tout n'est que conjecture, fragment, lueur passagère dans la nuit des mystères. Méfiez-vous donc de ceux qui se proclament détenteurs de révélations : ils enveloppent souvent leur ignorance de voiles chatoyants, dressant devant vous des labyrinthes de chiffres et de textes codés. À certains nombres, ils attribuent des vertus maléfiques, comme si l'univers tout entier reposait sur leur calcul cabalistique. Sachez-le : ce n'est que mirage et mystification. Refusez d'être prisonniers de ces illusions. Leur marchandise la plus séduisante, celle qu'ils débitent à foison, c'est l'espérance. Oui, cette espérance qui semble douce et rassurante, mais qui, sous leurs mains, devient un narcotique, un piège subtil qui engourdit l'esprit et nourrit l'addiction à leur commerce. Certes, l'espoir fait vivre ; sans lui, l'existence serait un désert stérile, un supplice sans horizon. L'espoir est le souffle qui nous permet de traverser les tempêtes, il est l'oxygène même de notre voyage terrestre. Mais souvenez-vous : c'est précisément parce que nous dépendons de l'espoir comme du souffle vital qu'il est devenu le fonds de commerce des religions. Et si cet espoir se détache de l'action, il cesse d'être une force libératrice pour se muer en chaîne invisible, qui retient et immobilise. Je vous le dis : une action, même modeste, produit plus de lumière qu'une éternité d'attente figée dans un espoir passif. L'espoir et l'action ne s'excluent point ; mais lorsque l'équilibre se rompt, lorsque tout le discours se tourne vers l'espérance seule, alors ce discours n'est plus qu'un vœu pieux, une promesse dissipée comme la brume au matin.

Ce qui fortifie l'homme, c'est l'indépendance psychologique, la liberté de conscience, l'accord intime avec sa voix intérieure. Sans cela, nous devenons des girouettes à la merci des vents étrangers. Agbodzi évoqua alors l'hégémonie, loi universelle : on la voit dans la forêt, où les arbres les plus hauts écrasent leurs semblables pour capter la lumière ; dans les savanes, où les fauves marquent leur territoire ; et jusque chez les hommes, dont certains ne respirent que dans la domination des autres, spirituelle, idéologique ou matérielle. — « Réclamer son indépendance, insista-t-il, n'est point un acte d'orgueil, mais une exigence de dignité. Celui qui se connaît maître de sa conscience ne saurait accepter qu'un autre, sous quelque prétexte que ce soit, s'arroge le droit d'en disposer. »

Puis il s'attarda sur les mythes, ces récits tissés de peurs et de songes, transmis d'âge en âge, parfois fixés dans l'encre, mais le plus souvent suspendus au vent des paroles. Leur vérité n'était pas à chercher dans les faits, mais dans l'écho qu'ils éveillaient dans les cœurs.

Ainsi évoqua-t-il Aguè, la créature Éwé : Un être humanoïde nain à la jambe unique, au talon inversé, et dont la chevelure épaisse dissimule le visage. Nul ne l'a jamais rencontré, et pourtant son ombre rôde dans toutes les mémoires. On dit que fouler son empreinte conduit à l'égarement. Mais n'est-ce pas là l'image de nos propres failles ? Il suffit d'un pas de travers, d'une pensée confuse, pour que l'homme se perde dans les dédales de son esprit. Aguè n'habite pas seulement les forêts obscures : il réside dans les brumes de la conscience humaine, rappelant que la lucidité est un combat de chaque instant.

Mais ce qui habitait Agbodzi plus encore, c'était la connaissance des ancêtres. Il cita le proverbe éwé : « C'est au bout de l'ancienne corde qu'on tisse la nouvelle. » Adage lumineux, qui disait que la sagesse se prolonge, se transforme, ne s'immobilise jamais. Newton lui-même, géant de la science, n'avait-il pas écrit : « Si j'ai vu plus loin, c'est en me tenant sur les épaules de géants » ? Alors Agbodzi s'indigna de voir les hommes reproduire les mêmes huttes balayées par les intempéries, les mêmes outils usés, sans jamais chercher à en inventer de plus performants. Pour lui, l'adage n'invitait pas à la répétition servile, à la stagnation, mais au progrès audacieux. La tradition n'était pas un fardeau : elle était un tremplin. Il posa la question qui brûlait ses lèvres : — Faut-il choisir entre tradition et modernité ? Ou bien l'une peut-elle féconder l'autre, comme la sève ancienne nourrit le bourgeon nouveau ?

Et, fidèle à son tempérament d'innovateur, il conclut :

— Tout dans l'univers évolue, même nos gènes. Construisons du neuf sur l'ancien, gardons l'esprit, mais élevons l'œuvre. Car la liberté se conquiert aussi par l'innovation. Ainsi, sous la bannière de l'IAC, les maîtres se succédaient, et chaque master classe devenait une joute où l'homme apprenait à briser ses chaînes invisibles, pour marcher plus loin vers la lumière.

Au commencement, seuls quelques associés de la FAG assistaient aux enseignements. Mais, tel un feu qui propage sa propre lumière, la participation connut bientôt un essor fulgurant. À la manière d'une tache d'huile, le rayonnement de l'institut gagna d'abord les grandes villes, puis s'infiltra jusque dans les hameaux les plus reculés. L'agenda d'Agbodzi en devint démesurément chargé : il parcourait villes et villages, portant la parole à travers conférences et sessions d'enseignement. Le succès prodigieux de la FAG nourrissait la renommée de l'IAC, et inversement. Pour enraciner ce mouvement, il lança des magazines mensuels gratuits, condensant les temps forts des master classes animées par les orateurs de l'institut. Rapidement, des initiatives parallèles virent le jour, s'inspirant de l'IAC. De nouveaux slogans se répandirent, porteurs d'un souffle d'éveil et de connaissance. L'un d'eux fit le tour des réseaux sociaux : « Nous sommes le dieu que nous attendons. » Quand Agbodzi le découvrit, il resta saisi.

— Génial ! s'exclama-t-il. Je n'aurais pu imaginer meilleure formulation. Ce slogan résumait une philosophie : reprendre le pouvoir divin pour le remettre dans les mains de l'individu. Au demeurant, qui n'aime pas l'indépendance ? La nature a inscrit son programme dans chaque être vivant. De même qu'un grain de maïs, une fois semé, ne peut donner que du maïs, l'homme porte en lui une puissance créatrice qu'il lui revient de reconnaître et d'exercer, plutôt que de lever sans cesse les yeux vers le ciel. Certains se moquèrent de ce slogan, d'autres y virent un blasphème. Mais ceux qui saisirent d'emblée sa portée furent les autorités religieuses et politiques, unies dans leur désir de garder la mainmise sur le peuple. Un peuple conscient de son indépendance ne se laisse pas dominer : il menace le statu quo.

Agbodzi, en semant ces graines de la libération dans la conscience de la masse, demeurait prudemment optimiste en constatant la réceptivité grandissante de ses auditoires. Il savait qu'il fallait atteindre une masse critique pour que le véritable changement puisse advenir.

C'est dans cet esprit qu'il prépara la conférence qu'il devait prononcer quelques semaines plus tard à l'hôtel Sarakawa, devant un parterre regroupant intellectuels, étudiants et jeunes entrepreneurs.

Et si, enfin, nous faisions primer l'action sur la providence ?

Le 9 septembre 2011, à l'hôtel Sarakawa, Agbodzi fut convié à donner une conférence sur l'entrepreneuriat et à partager son expérience personnelle. Cet événement annuel, organisé par la Jeune Chambre du Commerce et de l'Industrie, rassemblait une foule de jeunes diplômés et d'entrepreneurs en herbe. Cette année-là, Agbodzi en était l'orateur principal. À l'issue de sa présentation inaugurale, centrée sur le succès de la Foire Agricole de Gapolo (FAG) qu'il avait fondée, une question lui fut posée : pourquoi n'avait-il pas mentionné Dieu comme source de sa réussite ? Après avoir remercié l'intervenant pour cette interpellation, il prit le temps de développer sa pensée : — L'Afrique, dit-il, ne souffre pas d'un déficit de croyances. Je dirais plutôt qu'elle souffre d'un excès de croyance en Dieu. Il poursuivit en évoquant son propre cheminement : — J'étais croyant, mais ma foi a évolué. Jadis, je portais en moi certains vices. Je priais ardemment, je jeûnais, je multipliais les neuvaines, sans parvenir à m'en défaire. Puis vint le jour où mon ultime maître se révéla à moi : le désastre causé par mon arrogance. C'est en cessant de croire aveuglément que j'ai commencé à travailler sur ce défaut majeur. Ce fut un effort inachevé, certes, mais aujourd'hui je puis dire que je suis un homme nouveau. Agbodzi souligna ensuite que Dieu représentait des réalités différentes pour chaque être humain. Pour certains, il s'agit d'un être anthropomorphe, doté d'émotions et de volontés semblables aux nôtres ; pour d'autres, Dieu est source de connaissance et d'inspiration.

— Je me sens désormais plus proche de cette seconde conception, confia-t-il. Il observa que beaucoup d'hommes et de femmes éprouvaient le besoin d'un Dieu qui commande leur existence, distribue faveurs et châtiments, et dont la colère peut être éveillée par un manque de gratitude. On se blâme alors de n'avoir pas assez prié, jeûné ou veillé, ou bien l'on accuse des ennemis d'avoir empêché, mystérieusement, Dieu — quoique tout-puissant — d'exaucer les prières. Ainsi, on en vient à attendre la providence, à espérer le miracle, en oubliant la part essentielle de l'effort personnel et de la responsabilité individuelle. Les adeptes de cette vision invoquent l'argument suivant : à effort égal, les résultats diffèrent. Certains réussissent facilement, d'autres échouent malgré des sacrifices comparables. Cela témoignerait, selon eux, d'un Dieu qui distribue ses faveurs selon son bon plaisir, comme un favoritisme céleste. Agbodzi répondit que la réalité était plus nuancée :

— Il est indéniable que nous ne possédons pas tous la même aura, la même flamme intérieure. Comment expliquer qu'un individu réussisse mieux qu'un autre malgré des efforts similaires ? La réponse définitive n'existe pas. Mais la véritable question devrait porter sur les prémisses de cette comparaison. Nos gènes uniques, notre environnement immédiat, notre héritage familial, tous influencent nos parcours et nos résultats. Il conclut en élargissant la perspective :

— Notre expérience de vie devrait nous conduire à chercher la joie dans le fait d'impacter positivement notre environnement, de contribuer à l'avancement de l'humanité vers plus de savoir et de bonheur partagé. C'est ainsi que nous pourrons nous éloigner peu à peu de l'hégémonie et de la domination.

Mes paroles, je le sais, pourront sembler provocatrices. Mais qu'elles soient reçues comme un souffle libérateur, un cri destiné à nous arracher au coma collectif où nous avons sombré. Osons l'expérience : fermons, pour quelques mois seulement, tous les lieux de culte et d'adoration. Pendant ce temps, engageons-nous à réfléchir ensemble à nos véritables problèmes, à inventer des solutions humaines, depuis la cellule familiale jusqu'au sommet de l'État. Je n'ai point de doute : le résultat serait plus fécond que ce que nous vivons aujourd'hui. Oui, il est temps d'inverser les paradigmes. Il est temps de faire primer l'effort humain, le génie créateur, la responsabilité partagée, et de nous libérer peu à peu de cette attente passive du miracle providentiel.

Je crois pouvoir affirmer sans crainte d'erreur que la vie est, par nature, exigeante. Rien de durable ne se produit sans effort ; tout résultat est la conséquence d'une tension vers l'action. L'illusion qui consiste à croire que l'on peut récolter sans semer procède d'une forme de magie, ou d'un refus de la réalité. L'action, qu'elle soit physique ou intellectuelle — ou l'union des deux — demeure la matrice de toute création. C'est elle qui transforme le possible en réel, et qui, dans ce passage, confère à l'homme sa dignité.

À la fin de la conférence, alors qu'Agbodzi s'apprêtait à quitter la salle, une dame d'une trentaine d'années fendit la foule pour l'aborder. Elle était élégante, sa posture assurée, et son accent raffiné révélait une solide éducation.

— Je me nomme Julienne, dit-elle avec fermeté. Je dirige une agence de voyage, et je suis titulaire d'un master en économie. Votre parcours m'a impressionnée, votre succès également, et votre exposé brillait d'éloquence. Mais… j'ai ressenti comme une tentative de miner la foi des croyants. Ses yeux s'enflammèrent, sa voix monta, vibrante, presque incantatoire :

— Je déclare votre tentative vaine au nom de Jésus-Christ ! Vous êtes déjà vaincu par le sang précieux de notre Seigneur ! Un silence lourd tomba sur ceux qui avaient tendu l'oreille. Agbodzi redressa lentement la tête, fixa son interlocutrice avec une dignité tranquille, et répondit d'un ton mesuré :

— Madame, jamais je n'ai eu l'intention de vous détourner de votre foi. Voyez-vous, il me semble que nous avons assez prié. Le temps est venu, non plus de multiplier les supplications, mais de donner la priorité à l'action : comprendre, puis agir.

En lui, pourtant, montait l'amertume. Il voyait avec douleur le ravage de l'addiction religieuse, d'une croyance aveugle, incapable de s'interroger, étouffant l'esprit critique comme une herbe folle recouvre un champ fertile. Dans ses pensées, se dressait ce contraste cruel : d'un côté l'éducation qui libère l'intelligence, de l'autre la soumission docile aux dogmes, acceptés comme des faits intangibles. Il quitta Julienne en secouant la tête, et murmura simplement :

— Bonne chance, madame, bonne chance !

Plus tard dans la nuit, Agbodzi fut saisi par une insomnie inhabituelle. Des milliers d'idées s'entrechoquaient dans son esprit, comme une nuée indomptée. Incapable de trouver le repos, il quitta la chambre et gagna son bureau, à la recherche d'un livre qui demeura introuvable. Alors, il s'assit, laissant le silence nocturne l'envelopper, et s'abandonna à une méditation profonde.

Toi, la liberté que je chéris !

La quête de liberté est sans doute l'une des entreprises les plus essentielles de l'existence humaine. Cela me paraît une évidence : il suffit de contempler les situations où la liberté est niée pour comprendre à quel point elle est vitale. Là où elle disparaît, la souffrance s'installe ; et la souffrance, par nature, s'oppose à l'épanouissement de l'homme. Cette quête s'amorce dès les premiers instants de la vie. Elle s'exprime d'abord dans la libération des besoins élémentaires : se nourrir, se vêtir, s'abriter. Puis elle s'élargit progressivement aux dimensions plus subtiles de l'être : prendre la parole, choisir ses mouvements, exprimer ses émotions, oser entreprendre. Ainsi, pas à pas, l'individu avance sur le chemin de sa propre affirmation.

Se libérer des vices, ces parasites qui envahissent notre être et l'alourdissent, demande une force particulière, née de la conscience de leur existence. Cette prise de conscience peut parfois survenir par le regard d'autrui, mais le plus souvent elle découle d'une conséquence négative, d'un désastre qui met en lumière le poids du vice. L'expérience enseigne mieux que les conseils, dit-on. Vient ensuite l'action volontariste, patiente et soutenue, pour s'émanciper progressivement de ces parasites intérieurs. C'est un travail de longue haleine qui parfois demande le recours à l'expertise des professionnels de la santé.

Se libérer des dogmes et des chaînes invisibles — qu'elles soient religieuses ou idéologiques — c'est choisir la connaissance et une moralité authentique. Cette dernière n'a plus besoin de l'épouvantail de l'enfer ni de la promesse d'un paradis : elle s'ancre dans la recherche du vrai et du bien pour eux-mêmes. Le spectre du nihilisme, souvent agité pour défendre l'ordre établi, n'est qu'un mirage conceptuel sans prise réelle sur l'existence.

Cet affranchissement est aussi un rempart contre l'hégémonie et contre l'illusion d'un favoritisme divin distribué à quelques élus. Il devient urgent lorsque la religion se transforme en addiction, car cette dépendance détourne de l'effort humain de compréhension du monde, déplace nos responsabilités vers des entités imaginées et nous enferme dans l'attente passive de miracles rédempteurs.

La liberté de conscience individuelle est enfin indispensable pour échapper aux dérives du comportement de groupe, particulièrement nocif dans les temps troublés, lorsque les voix les plus bruyantes — mais non les plus éclairées — entraînent une communauté à sa perte.

Pour se libérer de la maladie, il ne suffit pas seulement d'espérer une guérison providentielle. Il faut d'abord cultiver une véritable hygiène de vie : veiller à une alimentation équilibrée, maintenir le corps dans un mouvement constant, accorder au repos et à la sérénité de l'esprit la place qu'ils méritent. Mais même lorsque toutes ces précautions sont observées, la maladie peut survenir. C'est alors la promptitude et la qualité des soins qui deviennent décisives. Or, cette possibilité n'est pas donnée à tous : elle exige des structures accessibles, des moyens financiers et une organisation sociale solidaire.

La pauvreté, en revanche, demeure une entrave sournoise et tenace à la liberté. Elle enferme l'homme dans un cercle où chaque énergie déployée peine à produire des fruits équivalents. Le travail, lorsqu'il est justement valorisé, devrait être le chemin royal vers l'affranchissement. Mais qu'en est-il du pauvre ? Dispose-t-il réellement des leviers pour que son labeur soit reconnu à sa juste valeur, ou son effort reste-t-il condamné à nourrir surtout la prospérité d'autrui ?

La pauvreté est une atteinte à la dignité humaine. Elle dénude l'homme de son autonomie, le réduit à l'état de dépendance, parfois d'humiliation. Elle le dépouille de sa valeur sociale. Le pauvre, n'opposant aucune résistance au puissant, devient un être paradoxalement aimé et méprisé à la fois : on le plaint, on le tolère, mais on le tient à distance. Le riche triche et le méprise, voyant en lui un être inutile, un parasite social, un éternel assisté vivant des miettes de la charité publique ou des programmes sociaux. Dans le regard des privilégiés, la pauvreté devient une tache morale qu'il faut masquer plutôt qu'un problème à résoudre.

Certaines doctrines religieuses, par un curieux renversement, attribuent à la pauvreté une valeur rédemptrice, comme si la misère purifiait l'âme. Mais il y a une différence fondamentale entre le riche qui joue au pauvre, s'offrant le luxe de la sobriété, et celui qui vit réellement dans la déchéance, incapable de satisfaire ses besoins élémentaires. Car la misère n'est pas un exercice spirituel : elle est une souffrance, une contrainte, une servitude. Ouvrez les yeux et regardez ceux qui vous vantent la pauvreté sur terre : combien parmi eux vivent ce qu'ils professent ? Être dépendant de la générosité d'autrui pour se nourrir, se loger ou se soigner, c'est perdre peu à peu le sentiment d'être maître de soi.

La pauvreté engendre une vulnérabilité profonde que les puissants, les politiciens ou les religieux sans scrupules savent exploiter. La vie sur terre est la seule dont nous ayons l'expérience. Nul ne peut affirmer avec certitude qu'il en existe une autre après la mort.

Accepter la pauvreté dans l'espoir d'une récompense posthume est une illusion, un marché de dupes inventé pour apaiser les consciences et maintenir les foules dans la résignation. Nous avons, au contraire, le devoir moral et intellectuel de rendre notre passage sur terre aussi digne et harmonieux que possible, en refusant toute glorification de la misère.

Les causes de la pauvreté sont multiples et complexes : absence d'héritage, mauvais choix de vie, manque d'éducation ou de motivation, désastres naturels, guerres, maladies, exploitation économique, inégalités structurelles. Mais à ces causes visibles s'ajoute une autre, plus insidieuse : le maintien délibéré de l'homme dans la dépendance. Certaines entreprises paient leurs travailleurs justes assez pour qu'ils ne sombrent pas dans la misère, mais jamais assez pour qu'ils deviennent indépendants. Ainsi se perpétue un cercle vicieux où la pauvreté devient un instrument de contrôle social.

Les philanthropes méritent certes reconnaissance pour leurs bienfaits, mais il convient de distinguer entre ceux qui soulagent et ceux qui émancipent. Nombre d'entre eux semblent aider pour se donner bonne conscience ou pour nourrir leur propre gloire. Or, toute aide véritable devrait tendre vers un seul but : rendre l'assisté capable de se passer de l'assistance. Aider quelqu'un, ce n'est pas le maintenir à flot, c'est lui apprendre à naviguer.

Se libérer de l'ignorance représente une étape tout aussi essentielle. L'éducation — non pas celle qui se contente d'aligner des connaissances, mais celle qui éveille, interroge, pousse à douter pour mieux comprendre — est la clef d'une véritable émancipation. L'homme qui pense par lui-même, qui questionne et confronte les idées, devient difficile à asservir.

Autres entraves à la liberté :

Les excès passionnels, qu'ils soient ludiques ou sentimentaux, réduisent subtilement l'homme à l'esclavage de ses impulsions. Ce n'est pas toujours la chaîne visible qui asservit, mais la dépendance invisible à ce qui procure un plaisir ou un attachement. La modération, cette sagesse du juste milieu, apparaît dès lors comme l'antidote essentiel contre ces dérives du désir. Dans les sociétés modernes, la privation de liberté se veut parfois le remède aux comportements jugés nuisibles à la collectivité. L'autorité légale, qu'elle soit de droit ou de fait, emprisonne l'individu pour le corriger.

Mais qu'en est-il réellement ? L'enfermement redresse-t-il l'âme ou ne fait-il qu'éteindre la lumière intérieure de l'être ? L'efficacité du système carcéral dans sa prétention à rééduquer l'homme demeure un sujet de controverse morale. Dans certains pays, la prison n'est plus seulement un lieu de privation, mais de négation. On y dépose des hommes comme on entasse des objets, sans égard pour leur dignité, leur santé ni leur humanité. Là où la justice devrait rétablir l'équilibre, elle devient parfois le théâtre d'une cruauté organisée. L'homme puni cesse alors d'être un sujet moral pour devenir un numéro, un corps anonyme dans l'ombre de son erreur. Ainsi, même au nom de la justice, la liberté peut être trahie.

La liberté, mes amis, ne se déploie véritablement que dans un climat de sécurité. Car nul ne saurait se dire libre s'il demeure exposé à la violence, à la contrainte ou à la coercition. Cette sécurité n'est pas l'œuvre d'un individu isolé, mais le fruit d'une organisation collective. Aucun homme, livré à lui-même, ne peut ériger toutes les murailles contre l'arbitraire. Il faut des institutions justes, il faut des lois respectées, il faut une solidarité partagée. C'est dans ce terreau équitable que la liberté individuelle prend racine et s'affermit, préservant chacun de la peur et de l'oppression.

Et pourtant, dans cette recherche d'assurance, beaucoup se tournent vers des entités métaphysiques, considérées comme protectrices, qu'elles soient réelles ou imaginaires. Ce recours témoigne d'une soif profonde de sécurité, mais il ne saurait dispenser de l'effort humain. Car la liberté suprême, celle qui délivre de l'esclavage du regard d'autrui pour conduire à l'accomplissement de soi, ne s'atteint qu'au terme d'un processus mûri, exigeant, une véritable ascèse de la conscience et de la psychologie.

Ramenant la réflexion à sa propre existence, Agbodzi mesura, avec une gratitude intime, le long trajet qu'il avait parcouru. Il savourait la victoire sur son ancienne arrogance, la délivrance des chaînes invisibles d'une croyance aveugle, et la certitude d'avoir, par son engagement, marqué positivement la vie de nombreux hommes et femmes.

Mais à peine cette satisfaction s'ancrait-elle dans son esprit qu'une évidence se dressa devant lui : la guerre contre l'ignorance restait un champ de bataille ouvert, un front exigeant vigilance et persévérance.

Son regard glissa alors vers l'horloge accrochée au mur du bureau. Il était quatre heures trente. Dans un geste empreint de lassitude, il regagna sa couche et, comme happé par une force irrépressible, s'abandonna aussitôt à un sommeil profond et réparateur.

Cette quiétude enfin retrouvée aurait sans doute été troublée s'il avait passé la nuit à Assigomé, comme il en avait l'habitude après ses activités nocturnes en ville. Ce soir-là, il échappa sans le savoir à une sombre machination : les réactionnaires, ulcérés par son discours, s'étaient juré d'étouffer toute voix susceptible d'éveiller la conscience populaire.

Quelle défaite plus amère que celle qui se perpétue d'elle-même ?

Alors qu'Agbodzi cherchait en vain le sommeil à Gapolo, sa maison à Assigomé fut harcelée. Croyant qu'Agbodzi se trouvait dans sa résidence d'Assigomé, un groupe bruyant de chrétiens avait tenu une véritable sarabande près de son domicile. Ils scandaient des psaumes et des versets :

— « Repentez-vous, car le Royaume des cieux est proche ! »

— « Dieu est lent à la colère et riche en bonté… »

Lorsque les faits lui furent rapportés, Agbodzi ressentit une tristesse profonde, presque métaphysique. Son esprit se projeta dans le passé. Il imagina nos aïeux, ceux d'il y a à peine un siècle et demi, s'ils pouvaient revenir parmi nous, que diraient-ils ?

Une sagesse de chez nous affirme : « Si la vie te fait trébucher, ne fais pas de l'endroit où tu es tombé, un lieu de repos. » Ces gens qui croyaient l'intimider par leurs slogans religieux, se disait-il, auraient été considérés comme des traîtres au XIX siècle — à l'époque où les missionnaires sillonnaient le continent pour « convertir » l'Afrique, ce continent qui, depuis des millénaires, possédait déjà sa propre cosmogonie, sa spiritualité, son lien sacré avec l'univers. Il se revit alors, en imagination, parmi ces ancêtres incrédules entendant, pour la première fois, ces étrangers leur annoncer qu'un Dieu avait enfanté un fils qu'ils devaient adorer, lui, le supplicié d'une croix lointaine. Qu'ils devraient l'accepter comme leur sauveur ! Ils avaient sans doute ri, comme on rit d'une absurdité : « Sauveur ? Pourquoi ? De quoi ? »

Notre Dieu, songeait Agbodzi, ne leur avait jamais parlé ainsi. Le divin de nos ancêtres n'était ni homme ni image d'homme. Il était partout — dans l'air, la terre, les eaux, le feu, les étoiles et les arbres. Nos aïeux avaient dû s'étonner que des hommes venus d'ailleurs leur demandent d'abandonner ce Dieu vivant pour suivre un dieu importé, étranger à leur monde. Et ils avaient dû se dire : « Ces gens sont fous. »

Seuls, peut-être, quelques esprits faibles ou déclassés de l'époque avaient rejoint les rangs de ces missionnaires, espérant y trouver refuge ou ascension. Mais aujourd'hui, constata Agbodzi avec amertume, leurs descendants poursuivent la même œuvre — celle de l'aliénation spirituelle — sans même s'en rendre compte. Ils répètent, avec ferveur, les mots de ceux qui jadis ont brisé l'âme de leurs ancêtres. S'ils revenaient en vie, nos aïeux crieraient sans doute leur désolation. Ils diraient qu'ils ont échoué à défendre leurs terres, leurs valeurs, leurs savoirs, leurs dieux.

Mais ce qui les accablerait le plus serait de voir leurs descendants devenus les zélateurs de ceux qui les ont autrefois asservis. Quelle défaite plus amère que celle qui se perpétue d'elle-même ? Nous avons fait de notre lieu de chute un lieu de confort, un lieu de repos.

L'esprit d'Agbodzi erra longtemps, traversant les siècles et les continents. Il revit ces pages sombres de l'histoire, celles qu'on préfère taire. Nous avons appris les razzias sanglantes qui précédèrent l'islamisation de plusieurs contrées africaines. Et plus tard, le témoignage du père Bartolomé de Las Casas, témoin oculaire de la conquête espagnole des Indes américaines, lui revint à la mémoire. Dans sa « Très brève relation de la destruction des Indes » publiée en 1552, il dépeignit les atrocités commises au nom de Dieu : les massacres, les tortures, les conversions forcées infligées aux peuples autochtones. Ces récits, empreints d'une douleur universelle, rappelaient que les religions du Livre ne s'étaient pas imposées par la douceur, mais souvent par la contrainte et le sang.

En Afrique aussi, la conversion chrétienne s'était opérée en tandem avec la colonisation. Les exactions furent nombreuses, les plus tragiques étant celles infligées aux Hereros et aux Nama en Namibie, ou encore au Congo sous le roi Léopold II. Les Européens maniaient à la perfection l'art du châtiment et de la récompense : les régions soumises bénéficiaient de quelques réalisations — une école, une chapelle, un dispensaire — tandis que celles qui résistaient étaient punies avec une férocité sans mesure. L'hospitalité des peuples africains, leur ouverture naturelle à l'étranger, leur curiosité envers l'inconnu — ces vertus jadis célébrées — leur avaient coûté cher. Ce qui avait été signe de grandeur d'âme devint une faiblesse exploitée. Et de cette faille s'engouffrèrent la conquête, l'aliénation et la dépendance.

Agbodzi soupira. Il savait que juger le passé avec les yeux du présent serait injuste. Mais comprendre le présent à la lumière du passé restait un devoir. L'Afrique, pensa-t-il, n'avait pas seulement perdu des batailles ; elle avait laissé se briser la confiance en sa propre mémoire. C'est cette fracture qu'il fallait désormais guérir. Il leva les yeux vers le ciel. Ce même ciel où, depuis toujours, ses ancêtres avaient vu la demeure du divin — non pas un Dieu lointain et jaloux, mais une présence qui respire dans l'arbre, dans la flamme, dans le vent et dans l'eau. Il murmura : « *Ce n'est pas la foi qui est en cause, mais la perte de notre regard. Ce regard doit nous ramener à nous-mêmes.* »

Nous sommes le dieu que nous attendons. Puis, en silence, il poursuivit son raisonnement intérieur : « La foi, seule, ne suffit pas. Comme le feu sans le souffle, elle s'éteint. C'est l'action qui l'alimente, qui lui donne sa lumière. Lorsque la foi et l'action se rencontrent, elles forment une alchimie — celle du divin en mouvement, celle de l'homme qui crée, agit, transforme. » Le vent effleura les feuillages, comme pour approuver. Alors, dans le silence du soir, Agbodzi sentit renaître en lui une certitude : la réconciliation entre la foi et la mémoire africaine ne viendrait pas de l'imitation, mais de la reconnaissance de ce que nous sommes depuis toujours — enfants de la terre et du ciel, gardiens du feu et de la parole première.

Pourtant, la tâche, si colossale et complexe soit-elle, ne devrait pas nous intimider. Nous avons l'intelligence, nous avons l'esprit d'organisation. Il ne tient qu'à nous de réveiller la mémoire et de restaurer la dignité du savoir perdu.

Et la connaissance libéra le peuple !

En cinq années seulement, les antennes de l'IAC et les initiatives qui s'en inspiraient ont détourné la jeunesse des mosquées, églises et congrégations où elle s'était longtemps réfugiée. Certains croyants irréductibles eux-mêmes, dans le secret de leur conscience, concédaient la justesse du message. Faute d'enquêtes d'opinion fiables, il était difficile d'en mesurer l'impact réel. Mais des signes indirects apparaissaient : au lieu de répéter Mawu-Lawoè — « Dieu le fera » —, beaucoup cherchaient désormais des solutions concrètes à leurs problèmes.

Et ce qui devait arriver advint en 2014. Depuis des décennies, le parti au pouvoir s'était mué en parti unique de fait, confisquant toute alternance par des manœuvres incessantes. L'opposition, usée, s'était effondrée dans l'inertie. Les élections se succédaient sans enjeu, sans espoir de changement. Or, la routine tue le progrès là où la compétition le stimule. En 2013, le parti au pouvoir triompha encore, raflant quatre cinquièmes des postes électifs. Forts de ce monopole, ministres et hauts fonctionnaires étalèrent une arrogance débridée. Lorsqu'une hausse brutale du coût de l'électricité suscita la grogne, le ministre en charge osa répliquer à l'Assemblée que les mécontents n'avaient qu'à « retourner aux lampes à pétrole ». Cette insolence mit le feu aux poudres.

D'abord timides, les manifestations gagnèrent en ampleur. Aucune mesure d'apaisement ne fut prise. La contestation enfla, inattendue, irrésistible. Le peuple, jadis prompt à céder devant la répression, se découvrit une colonne vertébrale d'acier. L'opposition sortit de sa torpeur, portée par la rue. Elle formula des revendications claires : la démission du gouvernement. Le chef de l'État refusa, mais dut concéder des élections anticipées et annuler la hausse des tarifs. Trop tard : le peuple, éveillé, ne se contentait plus de miettes. Tel un tsunami, la colère de la jeunesse, désormais libérée de la narcose religieuse, balaya le régime. Une coalition progressiste l'emporta par plébiscite, promettant une lutte sans merci contre la corruption.

Alors, la justice s'ouvrit enfin sur des dossiers restés étouffés depuis des décennies. Les sectes violentes, accusées de disparitions et de trafics occultes, furent mises à nu. D'anciens adeptes, repentis, témoignèrent à visage découvert. Les révélations, diffusées en boucle, frappaient d'effroi l'opinion. Des témoins furent même convoqués devant l'Assemblée nationale. Le ministre de la Justice agit vite. Les archives de la loge L2, longtemps dissimulées, furent exhumées. Elles révélaient un entrelacs de crimes et de manipulations. Rudolph, autrefois intouchable, fut arrêté. Après un procès qui prit des allures de catharsis nationale, il fut condamné à la réclusion à perpétuité. La loge L2 fut démantelée par décision de la Cour suprême.

Pour Agbodzi, ce moment ne fut pas celui de la revanche — loin de là. Car il savait qu'une société où l'impunité règne fabrique inévitablement une caste d'hommes se croyant au-dessus des lois. Or nul peuple ne peut aspirer à la liberté et à l'égalité tant qu'une telle fracture subsiste. À l'acmé de la tempête politique, les émissaires de tous les camps frappèrent à sa porte, le pressant de prendre la tête du gouvernement de transition. Mais Agbodzi, fidèle à sa droiture, repoussa l'offre avec une clarté sans appel. Sa réponse, brève comme un couperet, résonna comme un aphorisme : « Ni politicien, ni gourou. » Ainsi, en amont comme en aval du grand basculement, il poursuivit sa mission. Sans ostentation, sans triomphalisme, il demeura ce qu'il avait toujours été : un serviteur de la conscience, une sentinelle dressée au-dessus des vanités humaines.

Le changement survenu dans le pays n'était, à ses yeux, qu'une étape. Il fallait désormais enraciner la conscience nouvelle, consolider les acquis, prévenir la rechute du peuple dans les pièges anciens de la domination et de la démagogie. La victoire, bien qu'éclatante, demeurait fragile ; elle pouvait se consumer comme une flamme sans huile si l'on n'y versait pas la sève de l'organisation et de la sagesse.

Agbodzi rêvait d'un peuple instruit, maître de son destin, affranchi des sortilèges de la facilité et des promesses creuses. Il proposa que l'éducation civique soit intégrée à tous les niveaux de l'enseignement, avec pour piliers le patriotisme, la responsabilité et la défense du bien public. Mais pour que l'œuvre survive à l'homme, il fallait une structure. L'IAC devait se muer en fondation, dotée d'une assise morale et financière inébranlable.

Agbodzi en conçut aussitôt les principes : un financement indépendant, une gouvernance intègre, un idéal à l'abri des vents de la corruption. Il se déclara prêt à en assumer la mise de départ. Alors commença un nouveau labeur, plus silencieux mais tout aussi déterminant. Il rédigea le projet de la fondation, dressa la liste des femmes et des hommes de bonne volonté à rallier : anciens compagnons, chefs traditionnels, acteurs économiques, figures politiques au-dessus des querelles partisanes. Chaque nom pesait son poids d'espérance. La première étape, celle des contacts, fut la plus délicate. Avec les siens, tout semblait simple ; mais au-delà du cercle familier, il fallait convaincre, rallier, éveiller des consciences assoupies.

Agbodzi s'y engagea avec méthode et grâce. Les rencontres se multiplièrent : dîners feutrés, entretiens discrets, conciliabules stratégiques. Et peu à peu, l'évidence s'imposa : le moment était venu. À la fin de juillet 2014, dans le cadre élégant de l'Hôtel Zio, au cœur de la Foire Agricole de Gapolo, se tint la première rencontre fondatrice de la Fondation IAC. Ce soir-là, sous les lampes qui s'allumaient sur la plaine, Agbodzi contempla en silence les visages rassemblés autour de lui. Une ère venait de s'ouvrir — celle de la conscience organisée. Ce soir-là, tandis que la brise légère glissait entre les palmiers et que les voix s'éteignaient une à une, Agbodzi resta seul quelques instants dans la cour silencieuse. Il leva les yeux vers le ciel constellé d'étoiles — ces témoins muets des commencements. Il pensa à tout ce qu'il avait traversé, aux blessures et aux renaissances, aux visages croisés et perdus. Et il comprit que les grandes œuvres n'appartiennent pas à ceux qui les signent, mais à ceux qui, après eux, continueront de croire. Alors, dans un élan simple et pur, il murmura pour lui-même : « Que la lumière qui nous guide ne s'éteigne jamais, même lorsque nos pas s'effaceront. »

Chapitre 8

Retrouvailles avec Agbodzi : Yegbegbe, mythe ou réalité ?

Lors d'un séjour au Togo, en 2014, je rencontrai Agbodzi. C'était après le changement politique survenu dans le pays. Je vivais à l'époque aux États-Unis d'Amérique depuis plus d'une décennie. Je ne pus m'empêcher de le taquiner au sujet de son refus obstiné d'entrer en politique. J'anticipais déjà sa réaction, mais la question m'échappa quand même. Je le regardais avec admiration : mon cousin était devenu une figure internationale.

Je n'avais jamais connu d'homme qui eût initié autant de transformations dans la société qu'Agbodzi. Il avait redonné au travail sa noblesse en défendant avec ardeur cette conviction devenue maxime : « Un travailleur pauvre dans une corporation riche est une abomination. » Il avait mené un combat acharné contre l'addiction religieuse, prônant la libération de la conscience individuelle. Plus récemment encore, il s'était attelé à remettre sur le métier les idéaux du panafricanisme, leur redonnant souffle et crédibilité.

— Tu es devenu un monument, Agbodzi, murmurai-je avec émotion. Je tremble en prononçant ton nom… Mais dis-moi, comment mes neveux et ma nièce t'appellent-ils à la maison ? Agbodzi et moi étions cousins germains de deuxième génération : ma mère et Papa Senyo, son père, étaient eux-mêmes cousins germains de première génération. Nous avions grandi ensemble avec ses sœurs et ses frères, partageant les mêmes jeux, les mêmes repas, les mêmes saisons d'enfance. Lui était de 12 ans mon aîné. Entre nous, le mot cousin n'avait guère de sens — c'était un mot étranger à notre culture. J'appelais donc Agbodzi grand frère, comme le voulait la coutume et comme le dictait l'affection.

Et qu'en est-il advenu de Yegbegbe ? Lui demandai-je. Je le retrouvais pour la première fois depuis deux ans. La dernière fois, c'était à une réunion du conseil d'administration de la FAG, où nous n'avions guère eu de temps pour nous. Ce jeudi 14 août, je savais qu'il était enfin disponible. L'après-midi s'étirait, baigné d'une lumière dorée que la mousson adoucissait. Un vent frais, chargé d'humidité et de senteurs de terre, entrait par les collines et glissait jusqu'au village, caressant les feuilles, apaisant les visages. Dans son vaste bureau, Agbodzi avait ouvert portes et fenêtres. L'air circulait librement, soulevant par instants les papiers sur son bureau, comme s'il voulait participer à la réflexion de l'homme assis là, pensif, face à la clarté mouvante du jour.

Après mon déluge de questions, Agbodzi eut l'occasion de répondre — ou de balayer mes inquiétudes comme mes taquineries coutumières. Il commença par Yegbegbe. Il me rappela combien, jadis, je m'étais moqué de lui lorsqu'il était allé voir l'oncle Komlanvi après son malheur. Puis il sortit de sa poche un petit calepin qu'il me remit :

— Je vais te raconter l'histoire, dit-il. Mais tu trouveras plus de détails dans ces pages.

Je fus heureux qu'il m'autorisât à enregistrer notre conversation. J'avais déposé mon iPhone 5 sur son bureau. Les échanges furent à bâtons rompus, d'une liberté que j'appréciais. Je m'étais attardé sur son parcours spirituel, réalisant qu'il avait suivi un cheminement que je qualifierais d'œcuménique. D'abord initié au Fa durant son enfance, il s'était ensuite converti au catholicisme au collège, puis au christianisme évangélique durant ses années d'université, avant de s'affranchir de toute appartenance religieuse — ou plutôt, de se convertir à l'amour de la connaissance, cette forme supérieure de foi qu'est la philosophie.

Il est vrai que la plupart des pratiquants adoptent la religion de leurs parents. Cela semble naturel : la religion participe à l'identité culturelle. Les parents transmettent à leurs enfants leur langue, leurs coutumes, leurs croyances — bref, tout ce qui compose la chaîne de continuité et de pérennité d'une culture. Les religions, conscientes de cette logique, jugent bénéfique d'initier les enfants tôt, alors qu'ils n'ont pas encore la capacité d'interroger ce qu'on leur enseigne. Le mot juste est « endoctrinement ». On infuse des notions à répéter, des gestes à reproduire, jusqu'à ce qu'ils deviennent des automatismes. Et lorsque l'enfant grandit, il lui devient difficile de remettre en question ces dogmes, car ils se sont figés en vérités absolues. Ainsi, des formules toutes faites, pompeuses ou creuses, s'imposent et se répètent sans passage par la raison : Que Dieu te le rende au centuple lorsqu'on reçoit un cadeau ; Je vais bien, par la grâce de Dieu pour répondre à une salutation. Des expressions mécaniques, prononcées par habitude plus que par conviction. Un silence s'installa. Méditant sur son parcours religieux, j'étais devenu songeur. Agbodzi reprit alors la parole pour m'éclairer davantage :

— Il faut dire, commença-t-il, que mes conversions furent d'abord mues par le désir d'appartenir. Lorsque j'étais au collège, il faisait honte de ne pas être catholique dans mon milieu. D'ailleurs, nous avions cette expression moqueuse pour dénigrer toute attitude jugée déplacée : ce n'est pas catholique ! Cela voulait dire qu'être catholique inspirait confiance, respectabilité. Il marqua une pause, puis poursuivit :

— Chemin faisant, la croyance avait suivi. J'avais cru que les textes de la Bible étaient originaux, révélés directement par Dieu aux premiers hommes. Mais j'ignorais alors que certains récits de la Bible s'inspiraient de textes plus anciens. Quant aux mises en garde qui condamnaient toute critique comme blasphématoire, elles s'imposaient à moi comme des vérités sacrées.

Cette peur du doute, alimentée par la peur de l'enfer, nous enfermait dans une foi sans question.

La connaissance acquise sur les bancs de l'école — même à l'université — ne nous forme pas réellement à une compréhension profonde et globale du monde. Elle se fragmente, se compartimente. On devient agronome, biologiste, médecin, historien, mais rarement un esprit complet. Chacun excelle dans sa parcelle de savoir, sans posséder la base solide d'une connaissance universelle. Ainsi, il paraît presque incongru qu'un médecin écrive un roman anthropologique ou de fiction, ou qu'un agronome s'intéresse à la cosmogonie.

Je n'ai pas honte de te confier que c'est l'oncle Komlanvi qui éveilla en moi le regard sur les questions métaphysiques. J'avais longtemps intégré les dogmes religieux comme des vérités absolues, au point de vivre dans une sorte de servitude volontaire vis-à-vis des pasteurs et autres figures d'autorité spirituelle, sans même m'en apercevoir. Aujourd'hui, lorsque je donne des conférences, mon enseignement n'est pas purement théorique. Il procède de mon expérience personnelle, de mes tâtonnements, de mes libérations successives. Mon engagement à lutter contre l'ignorance sélective est né du constat amer de ma propre histoire — celle d'un homme qui a cru savoir, avant de comprendre qu'il fallait d'abord apprendre à penser. C'est justement là où réside la véritable révolution : apprendre à penser. Penser n'est pas accumuler des connaissances, mais relier ce que l'on sait à ce que l'on ignore. Penser, c'est interroger le monde au lieu de le subir, douter sans désespérer, chercher sans s'enliser dans la certitude. La pensée libère là où la croyance enferme ; elle éclaire là où la peur obscurcit.

Penser, ce n'est pas être pensif. La pensée n'exclut pas l'action : elle l'interroge. La forme primitive de la pensée peut n'être qu'une évaluation de l'action. Penser, enfin, c'est accepter de ne rien trouver à l'issue de l'acte de penser, mais être prêt à recommencer. La pensée exige une observation attentive et le passage des faits observés au travers d'une maille de principes acquis.

Penser est un acte de liberté. C'est refuser d'hériter des idées sans les examiner, refuser de se soumettre aux certitudes confortables que d'autres ont érigées avant nous. Penser, c'est s'arracher au troupeau, se tenir debout face à l'inconnu, même au prix du doute et de la solitude. La pensée ne naît pas du savoir, mais de l'étonnement. C'est le questionnement qui féconde l'intelligence, non la répétition. Celui qui cesse de s'interroger cesse de vivre pleinement. La connaissance, si vaste soit-elle, devient stérile lorsqu'elle ne débouche pas sur la réflexion. Et la foi, quelle qu'elle soit, perd sa noblesse quand elle interdit le droit de douter.

Nous avons confondu l'apprentissage avec l'instruction. L'école enseigne à répondre, rarement à interroger. Elle apprend à obéir à la logique des autres, mais rarement à découvrir la sienne. C'est pourquoi, dans nos sociétés, beaucoup de diplômés restent prisonniers de schémas qu'ils n'ont jamais remis en cause. Ils maîtrisent des techniques, mais non la pensée ; ils savent parler, mais pas écouter ; ils récitent des vérités, mais n'en construisent aucune. Certains sont capables d'aligner des citations d'éminents auteurs pour impressionner leur audience et par le même subterfuge, dissimuler leur incapacité de réflexion profonde.

Penser, c'est réunir ce que la spécialisation a séparé. C'est comprendre que la biologie parle aussi à la philosophie, que la médecine dialogue avec la littérature, que la musique est sœur des mathématiques. L'univers est un tout, et l'homme, son reflet. Celui qui ne pense qu'à travers une seule fenêtre finit par croire que le monde s'arrête au bord de son cadre.

Penser enfin, c'est aimer la vérité plus que le confort, préférer l'incertitude fertile à la certitude stérile. C'est un exercice exigeant :

il faut du courage pour regarder en soi, et davantage encore pour reconnaître ses propres illusions. Mais c'est le prix de la dignité. Celui qui pense par lui-même devient libre, et la liberté intérieure est la plus haute forme de foi — foi en la lumière de l'esprit humain.

La vieillesse, fatalité ?

Puis revenant à l'oncle Komlanvi, il ajouta :

Pour moi, l'oncle Komlanvi est la personne la plus importante après mes parents. Sa sagesse est sans égale. Je suis ce que je suis aujourd'hui grâce à lui. Je l'interrompis doucement :

— Justement, j'ai vu l'oncle hier. Il m'a paru très diminué. Il ne se souvenait même plus de Yegbegbe. Cela m'a profondément attristé.

— Oui, il oublie beaucoup de choses, reprit Agbodzi. Mais au moins, il nous reconnaît encore. Je lui ai proposé de venir rester avec moi, mais il s'y refuse. Il garde sa suite ici avec nous. Il vient quand il veut, repart quand cela lui chante. Ces derniers temps pourtant, cela ne lui chante plus guère... Il me dit souvent que sa maison est comme une caserne, avec ses défenses enfouies dans le sol.

La dernière fois qu'il avait séjourné ici, il m'avait confié que tout lui paraissait trop aseptisé, trop lisse à son goût. Lui, il a toujours cru à la communion avec la terre. Il aime sentir le sol nu sous ses pieds, respirer la poussière mêlée de racines, écouter la réponse muette du sol à chacun de ses pas. Jamais il n'a accepté qu'on aménage sa cour : pour lui, la terre doit rester vivante, libre, comme une peau qui respire. Avec l'âge pourtant, le corps vacille. Je redoute les chutes — ces accidents discrets qui, chez les anciens, se paient souvent par une fracture du col du fémur, première marche vers le déclin. Mais rien n'y fait : le sage reste fidèle à ses rituels, à sa manière de marcher pieds nus sur la poussière chaude. J'ai compris qu'aucune raison, si prudente soit-elle, ne peut rivaliser avec l'amour d'un homme pour sa terre. C'est là son ancrage, sa mémoire, son serment silencieux au monde. Et moi, impuissant mais admiratif, j'en ai fait ma conclusion : certains êtres ne vieillissent pas, ils retournent simplement à la terre qu'ils n'ont jamais quittée.

Agbodzi fit apporter un goûter simple mais élégant : un plateau de fruits cueillis à la ferme — mangues dorées, papayes mûres, tranches d'ananas sucrées — accompagné d'un thé chaud au parfum d'herbes. Un arôme subtil s'éleva aussitôt, mêlant la fraîcheur du fruit à la chaleur du breuvage. L'air du bureau en fut comme adouci. Agbodzi versa le thé avec lenteur, un geste précis, empreint d'une sérénité presque rituelle.

— Rien n'égale, dit-il, le goût des choses qui viennent de la terre. Elles contiennent le souvenir du soleil et la patience de la pluie. Il sourit, puis m'invita à me servir. Le moment avait la simplicité des instants vrais, où rien ne presse, où la parole s'écoule librement comme la rivière Zio.

Déglutissant mon thé, je fixai Agbodzi dans les yeux puis lui demandai :

— Dis-moi, cher cousin, la vieillesse... est-ce qu'elle te fait peur ?

— Naturellement, répondit-il, si l'on a la chance de vivre longtemps. Bien sûr, il existe des cas de dégénérescence précoce, comme Alzheimer ou d'autres. Mais la vieillesse elle-même... je ne sais si c'est une bénédiction ou une malédiction, pour reprendre un terme religieux. Les animaux de compagnie connaissent aussi ce destin lorsqu'ils vivent jusqu'à un âge avancé. En revanche, pour l'élevage, les paradigmes sont différents : nous ne gardons pas nos bétails jusqu'à la vieillesse.

La vieillesse n'est pas un simple passage du temps, elle est un effritement qui commence au cœur même de nos cellules. Nul ne saurait en expliquer tous les mécanismes : l'accumulation lente des toxines, l'agression des radicaux libres, l'ADN qui commet ses erreurs, l'immunité qui vacille, les hormones qui s'éteignent une à une. Ainsi l'homme avance vers un état de diminution progressive, de l'esprit comme du corps. Si l'un et l'autre nous affaiblissent, c'est pourtant la déchéance mentale qui glace le plus le cœur. Car perdre l'usage de ses forces est une chose ; perdre la lucidité, c'est se perdre soi-même. L'indépendant d'hier devient fardeau pour les siens. Et, dans de brefs éclats de conscience, le malade se voit, avec une douleur indicible, tel qu'il est devenu. L'Occident a trouvé une solution pratique : les maisons de retraite. On y dépose les vieillards, comme si l'amour filial s'y délestait d'un poids trop lourd. Chez nous, c'était autrement : même un cousin éloigné se tenait prêt à veiller sur l'ancien. Mais déjà cette solidarité s'effrite. Les concessions immenses, jadis pleines de voix et de présences, se réduisent comme une peau de chagrin. L'individualisme grignote peu à peu la fraternité, et avec elle disparaît l'idée qu'un vieillard n'est jamais seul.

Hier encore, nous vivions selon la philosophie Ubuntu, cette sagesse qui enseignait que l'homme n'existe que par l'homme, et que le village tout entier se devait d'être au service de chacun de ses membres. Aujourd'hui, comme souvent, nous tournons le dos à nos valeurs fondatrices pour imiter, sans discernement, une version déformée et corrompue de l'expérience humaine. Je donnerais tout pour comprendre ce penchant morbide : quelle en est la source profonde ? D'où vient ce manque de fierté, cette incapacité à s'apprécier soi-même ? Le continent africain — surtout dans sa partie subsaharienne — a connu des traumatismes d'une rare violence : l'esclavage par les Arabes, puis les Européens, la colonisation, le néocolonialisme...

En psychiatrie, si l'Afrique était un individu, on dirait qu'elle souffre d'un trouble de stress post-traumatique. Car nul autre continent n'a subi une déshumanisation aussi systématique, aussi durable, aussi intime. Est-ce là la racine du mal ? Et comment administrer à cette âme blessée un traitement de choc qui la réveille enfin ? Je me refuse à céder au pessimisme, à croire que cet éveil n'est qu'un mirage contemplatif, une idée belle mais irréalisable. Pourtant, lorsque j'observe que, tandis que certains groupes conscients s'organisent pour secouer les esprits, d'autres s'emploient à parfumer le sommeil profond de nos peuples — un sommeil parfois comparable à un coma — je mesure l'ampleur du défi.

— Cher aîné, ne crois-tu pas qu'il est temps de s'attaquer à ce fléau de notre siècle ? dis-je à la légère. Agbodzi détourna les yeux, froissé. J'eus honte de ma légèreté : je venais de toucher un point sensible. Dans le silence de ses soixante années, il voyait déjà poindre sa propre vulnérabilité.

— Cher aîné, pardonne ma légèreté de tout à l'heure. J'ai seulement la conviction que, sachant que nos forces physiques et intellectuelles finiront par nous abandonner, nous devrions agir avec diligence tant que nous disposons encore de toutes nos facultés. Le temps, hélas, n'est pas notre allié. Mais une question surgit aussitôt : quel est donc le cahier de charges de l'existence ? Nous jugeons souvent les autres à l'aune de ce qu'ils ont accompli, et certains n'hésitent pas à qualifier d'échecs ceux qui n'y sont pas parvenus matériellement, comme si la vie n'avait de valeur que par la fortune accumulée avant la disparition. Ces pressions, à mes yeux, corrompent parfois la pureté et la beauté même de l'expérience de vivre. Certes, il est juste de pourvoir au présent et de prévoir les jours de vieillesse. Il est même noble d'alléger la tâche de sa descendance en lui léguant un avantage, un héritage, voire un patrimoine intergénérationnel. Mais la grandeur de l'existence ne devrait pas se réduire à cette seule mesure. Car au terme du voyage, ce n'est pas ce que nous avons possédé qui parle pour nous, mais l'impact positif que nous avons laissé sur les autres.

— À vrai dire, cette discussion a quelque chose de déprimant, murmura Agbodzi, comme s'il se parlait à lui-même. Puis, un éclair de douceur passa dans son regard.

— Dada, ma mère, se porte comme un charme, elle porte ses quatre-vingt-six ans avec grâce, ajouta-t-il avec une tendresse à peine voilée.

— C'est vrai, répondis-je aussitôt. La semaine dernière, le lendemain de mon arrivée, je suis allé à Assigomé. À peine avais-je franchi la cour qu'elle m'aperçut depuis le balcon. Elle m'appela par mon prénom, et se leva pour m'apporter à boire. Je restai figé d'étonnement : celle-là a cessé de vieillir ! Son visage avait gardé la fraîcheur du temps passé, et son esprit, cette clarté qui défie les ans. Ni son corps ni sa mémoire ne semblaient céder à la fatigue du monde. Agbodzi demeura silencieux un instant avant de reprendre, d'une voix plus grave :

— Nous vieillissons chacun à notre manière. Le temps ne nous use pas tous de la même façon. Nous, les humains, ne sommes qu'une mosaïque d'individus, un assemblage d'expériences et de réactions singulières. Et pourtant, la médecine, qu'elle soit humaine ou vétérinaire, s'efforce de nous ranger sous des normes, des moyennes, des repères universels. Il marqua une pause, comme pour mesurer la portée de ses mots.

— Mais la norme, par essence, nie l'unicité. La meilleure médecine serait celle qui reconnaît la personne dans sa singularité absolue. Ce qui nourrit ou guérit l'un peut nuire à l'autre. La dose juste, le bon rythme de vie, la limite du sucre ou du sel — tout cela devrait être individualisé, modelé sur la nature propre à chacun. Puis, dans un souffle résigné, il conclut :

— Malheureusement, nous n'en sommes pas encore là. Nos connaissances sont encore trop approximatives pour toucher cette vérité intime : celle d'un soin taillé à la mesure de chaque âme.

Agbodzi se leva lentement et s'approcha de la grande fenêtre de son bureau. Au-dehors, le lac artificiel s'étendait comme un miroir tranquille, ourlé de reflets d'argent. Quelques passereaux s'y abreuvaient, effleurant l'eau de leurs ailes avant de reprendre leur vol en spirale. Il les suivit du regard, songeur, puis inspira profondément, comme pour absorber un peu de leur légèreté. Il revint s'asseoir et, d'une voix calme mais grave, déclara :

— Devant toute situation, ma première réaction a toujours été : qu'y a-t-il que je peux faire ? L'impossibilité d'agir me désempare ; elle me prive de tout sentiment de contrôle, comme si je sombrais dans une immobilité intérieure. Un silence s'installa, dense, presque méditatif. Puis il reprit, d'un ton plus posé :

— Dans le cas de la vieillesse, heureusement, il reste encore quelques gestes possibles, même si leur efficacité demeure incertaine : maintenir une activité physique, préserver une hygiène de vie, entretenir l'esprit, éviter la routine qui atrophie le cerveau. Tant que nous pensons, que nous bougeons, que nous aimons, nous résistons au déclin. Je rejoins les stoïciens en cela : il nous faut nous occuper de ce qui dépend de nous, et accepter avec sérénité ce qui nous échappe. C'est une forme de sagesse pratique, une discipline de l'âme.

La nuit commençait à se préciser. Ena était entre-temps venue nous inviter au dîner à la résidence.

La vaste allée pavée qui reliait le bureau à la résidence s'étirait comme un ruban de sérénité après la densité des heures de travail. De chaque côté, des fleurs tropicales aux couleurs vives s'épanouissaient sous la caresse du vent du soir, tandis que des arbustes taillés avec précision formaient un alignement presque militaire, reflet d'un ordre voulu. De petites lampes terrestres, posées au pied des massifs, diffusaient une lumière ambrée et tamisée. Leur éclat discret se mêlait aux senteurs mêlées du jasmin et du basilic, répandant dans l'air une douceur presque méditative. Les cinq derniers mètres aboutissaient à un enclos bas en pierres, surmonté d'un grillage fin que soutenait une double rangée de haies vives en cactus. Leur silhouette, rigide mais vivante, évoquait pour moi la frontière fragile entre deux mondes : celui de l'action et celui du repos. À l'approche, la porte automatique s'ouvrit sans un bruit, identifiant Agbodzi par reconnaissance faciale. Nous franchissions le seuil. Derrière nous, le bureau s'effaçait dans l'obscurité, tandis qu'à l'intérieur, la lumière douce de la résidence nous accueillait à bras ouverts.

Nous étions seulement trois autour de la table.

Un grand chandelier descendait de la mezzanine, illuminant l'entrée de la maison d'une clarté dorée. Ena me guida vers la salle à manger où des bougies, enfermées dans des verres transparents, diffusaient une lumière douce. L'atmosphère avait quelque chose d'un dîner de gala, simple mais soigné. Je demandai à Ena quelle occasion nous étions en train de célébrer. Elle esquissa un sourire et répondit, non sans malice :

— Notre quatrième enfant ! Puis, d'un geste discret, elle désigna dans un coin leur chatte, allongée près d'un panier de jolis chatons. Les mets étaient délicieux — et surtout, frais. Rien ne remplace le goût des aliments cueillis du jour. La chatte s'approcha d'Ena, se frottant contre sa jambe, et me lança un regard ni amical ni hostile, comme pour dire : qui est cet intrus dans ma demeure ?

Lorsque le dessert fut servi, je n'avais plus faim. Je me contentai d'une tasse de citronnelle chaude. Nous reprîmes alors notre conversation, mon téléphone toujours en train d'enregistrer, comme s'il craignait de perdre le fil de cette soirée paisible où la vie, la mort et la mémoire s'étaient entremêlées avec douceur.

Agbodzi fut le premier à reprendre la discussion :

— Pendant que nous dînions, mon esprit, malgré l'atmosphère détendue, restait absorbé par d'autres aspects de cette question de la vieillesse.

Considérons par exemple la prévoyance pour la vieillesse. C'est un aspect que notre société a toujours négligé. La plupart des personnes actives évoluent dans le secteur informel et ne cotisent pas pour leurs vieux jours. Déjà, pendant la période d'activité, beaucoup peinent à joindre les deux bouts. Comment pourraient-elles alors penser à l'avenir ? L'autre jour, je discutais avec ton neveu Koffi à ce sujet. J'ai eu l'impression qu'il travaillait sur un projet lié à cette question, mais il resta évasif. Peut-être voulait-il d'abord éprouver son idée avant d'en parler davantage. Traditionnellement, nous avons toujours considéré nos enfants comme notre assurance vieillesse. Mais aujourd'hui, les limites de cette conception apparaissent avec une clarté désarmante. Les temps ont changé : les enfants vivent loin, ont leurs propres charges, et les solidarités familiales s'effritent. À cela s'ajoute l'absence d'une véritable culture d'assurance-vie. Trop de jeunes meurent avant d'avoir connu la vieillesse, laissant derrière eux des enfants démunis, sans appui ni repère.

Je ne peux qu'effleurer ici la question des testaments. À la mort de notre vieux, rien n'avait été prévu pour guider le partage de ses biens. Ma sœur Lawoè et moi fûmes désignés curateurs de la succession. Nous avions réussi à convaincre nos frères et sœurs qu'il fallait d'abord assurer le bien-être de notre mère. Mais tout se complique dès qu'il s'agit de foyers polygames ou d'enfants naturels. Les familles se déchirent, parfois même avant que le corps du défunt ne soit porté en terre. J'ai vu des enfants se battre au chevet de leur père agonisant pour s'accaparer ses biens, et des oncles paternels dépouiller des orphelins au nom d'une tradition mal comprise.

Autrefois, un vieillard confiait ses dernières volontés à un proche. Sa parole tenait lieu de testament, et nul n'osait la trahir. Aujourd'hui, cette fidélité s'est perdue. Trop d'intérêts personnels brouillent la conscience et pervertissent la parole donnée. Il n'est pas rare de voir des veuves chassées de leur maison sitôt le mari enterré. La pauvreté et la convoitise nourrissent ces querelles d'héritage qui déchirent les familles. Il devient urgent d'instaurer des mécanismes juridiques simples et accessibles, permettant à chaque citoyen, même au fin fond du village, d'établir son testament en toute sécurité. Mais au-delà de la loi, c'est l'éducation qui demeure la clé : éduquer les consciences à la prévoyance, briser les tabous et vaincre la superstition ambiante. Avec une sensibilisation soutenue, ce verrou finira par céder.

Agbodzi poursuivit :

— Il y a encore tant que nous pouvons faire, vois-tu ? Je lui répondis avec un sourire :

— Absolument, mon cher cousin. Et la FAG offre justement un environnement idéal pour cela, en plus d'être un haut lieu d'inspiration. J'envisage de revenir ici avec toute ma petite famille pour un mois complet de congé. J'ai toujours rêvé d'écrire un roman. Toute l'histoire que tu m'as racontée — depuis les années sombres de 1994 jusqu'à l'éclosion du monument que tu es devenu — mérite d'être partagée avec le monde.

Le lendemain, nous nous retrouvâmes dans le bureau d'Agbodzi pour la suite de notre conversation. J'ouvris la séance.

Et qu'en est-il de Yegbegbe ?

— L'oiseau ou la parabole ?

— L'oiseau, répondis-je.

Agbodzi soupira doucement.

— Ce fut un véritable casse-tête, mon plus grand regret.

Tu ne l'as donc pas encore trouvé ?

— Non, mon cher cousin. Peut-être te passerai-je le témoin. J'ai consulté nos aînés, envoyé des émissaires chez les chasseurs, parlé à des amis au Ghana et au Bénin… Rien ! Même le département d'ornithologie de l'Université du Bénin — pardon, de l'Université de Lomé depuis le changement de nom — n'a pu me fournir d'informations probantes. Ma conviction reste pourtant intacte : cet oiseau existe. Peut-être que le nom Yegbegbe n'est simplement pas celui que les autres lui attribuent. Il se tut un instant, puis ajouta :

— Le parallélisme entre nos proverbes et les observations de la nature me pousse à y croire.

Nos anciens partaient toujours d'un fait observé pour en tirer une sagesse universelle ; les animaux, dans nos récits, ne sont pas des fictions mais des métaphores du comportement humain. Les moteurs de recherche, eux, me parlent d'un coucou gris.

— Coucou gris ? fis-je, intrigué.

— Oui. Un autre sacré d'oiseau au comportement étrange. La femelle pond ses œufs dans le nid d'autres oiseaux, substituant les siens à ceux de l'hôte, lequel, ignorant la supercherie, les couve et élève les intrus. Un véritable parasite, un tricheur par nature ! Il marqua une pause, puis reprit :

— Yegbegbe, en revanche, aime ses œufs. Seulement, son arrogance l'empêche de voir le danger de son propre excès. Et cela m'amène à une distinction importante. Lorsque nous parlons d'arrogance, il faut différencier la fierté, l'arrogance et l'hubris. Nous ne parlons pas ici du syndrome d'hubris, mais de degrés dans la relation de l'homme à sa propre mesure. S'affirmer, par exemple, en tenant tête à ceux qui veulent nous dominer, est un acte de dignité. Il n'y a rien d'anormal à refuser la servitude. La liberté est un droit non négociable. Mais les esprits dominateurs, dérangés par ceux qu'ils ne peuvent soumettre, qualifient souvent leur résistance d'arrogance. En vérité, ils n'en supportent pas l'indépendance. L'arrogance véritable, elle, est une nuisance : elle blesse, humilie ou isole. Elle est un vice de l'âme.

Je me souviens d'un épisode anodin mais révélateur. À la veille de la soutenance de mon mémoire d'ingénieur agronome, j'avais remarqué une tache sur ma cravate. Elle était minuscule, presque invisible, mais je la trouvais insupportable. J'essayai de la nettoyer avec de l'eau de javel ; le résultat fut une décoloration grotesque. J'avais dû porter une vieille cravate. Ce jour-là, je ne compris pas encore la leçon. Ce n'est qu'après ce qui m'arriva en mai 1994 que j'en saisis le sens profond. Quant à l'hubris, c'est le degré ultime : le déséquilibre intérieur qui pousse l'homme à défier les dieux. Les Grecs l'avaient bien vu : il ne s'agit plus d'orgueil, mais d'une folie de la démesure. Il se pencha légèrement vers moi :

— Il m'arrive de sourire lorsque certains, dans mes conférences, me qualifient d'homme d'hubris. Ce mot revient comme un refrain dès que j'aborde la question de l'addiction religieuse. Ils ne comprennent pas que mon propos n'est pas de nier le divin (selon ce que cela représente pour chaque individu) mais d'interroger la dépendance qu'on entretient envers cette entité. Dénoncer la servitude spirituelle ne constitue en rien une attaque dirigée contre la foi. C'est un geste de santé mentale, une respiration. Je me souviens… C'était en 2010. J'étais hospitalisé, épuisé, vulnérable, au plus près de cette frontière floue entre la vie et la mort. Ce n'est que bien plus tard qu'Akouvi me raconta l'épisode. L'aumônier de l'hôpital, un homme d'une foi naïve mais inflexible, l'avait abordée dans un couloir. Il lui avait parlé d'une voix basse, presque compatissante :

— Ma fille, il faut prier pour ton père. Il doit se repentir avant qu'il ne soit trop tard. Akouvi, avec cette franchise que je lui connais, lui demanda simplement :

— Se repentir de quoi, monsieur ? L'homme prit un air grave, comme pour mesurer l'ampleur de son propre courage avant de poursuivre :

— Nous savons qu'il ne croit plus en Dieu. Il veut détourner les gens du Créateur et de Jésus son Fils. C'est un grand péché. Peut-être souffre-t-il déjà de cette rébellion… Puis, avec un tremblement dans la voix :

— Notre Dieu est patient, mais il se fâche. Et quand il se fâche, ses colères sont terribles. Dieu détruit l'homme d'hubris. Akouvi m'avait raconté la scène en riant, mais je sentais qu'elle en avait été blessée. Elle lui avait répondu, calmement, presque avec tendresse :

— Monsieur le prêtre, venez écouter mon père un jour. Vous comprendrez que sa parole ne détruit pas la foi ; elle la délivre des chaînes. Je n'avais rien su de tout cela sur le moment. Mais en l'écoutant, des années plus tard, une étrange paix m'envahit. J'avais cessé d'attendre la compréhension des autres. On ne dérange que lorsqu'on touche juste. S'ils me voient comme un homme d'hubris, c'est sans doute parce qu'ils ne peuvent pas concevoir qu'un esprit libre ne cherche pas à dominer, mais simplement à respirer.

Ma conclusion qui découle de tout ce qui précède, mon cher cousin, est ceci :

Que l'oiseau Yegbegbe ait existé ou non, importe peu : le sens de la parabole demeure, vibrant et indestructible.

— Regarde ces tableaux que j'ai fait encadrer, dit Agbodzi en désignant le mur. On y voit un oiseau, celui de mon imaginaire, Yegbegbe. Il est devenu ma mascotte, mon repère secret. Chaque fois que j'entre dans mon bureau, c'est la première chose que mes yeux rencontrent. Sa silhouette m'ancre dans l'essentiel, me rappelle que la véritable élévation n'est jamais une fuite vers le ciel, mais un enracinement plus profond dans la conscience. Je mesure chaque jour combien fragile est la frontière entre le succès et l'échec. L'échec d'une personnalité peut se masquer derrière un succès matériel, une réputation, un titre — mais la fissure intérieure finit toujours par se révéler. Car ce que nous n'assainissons pas en nous-mêmes croît en silence, jusqu'à envahir nos œuvres et nos jours. Yegbegbe nous enseigne la modération à travers sa propre chute — victime de son orgueil, de son vol trop haut avec ce qu'il possède de plus précieux. Yegbegbe rappelle à chacun de nous que la mesure n'est pas faiblesse, mais sagesse ; qu'elle protège l'homme de lui-même et l'empêche de se consumer dans sa propre flamme. Ainsi, pour moi, Yegbegbe n'est plus seulement un oiseau. Il est une idée, une philosophie, un miroir posé sur la fragilité humaine. Dans son absence, il me parle encore. Yegbegbe : l'oiseau, le mythe, la pensée. La sagesse de la modération.

Sur le chemin du retour, les mots d'Agbodzi tournaient encore dans ma tête. Je mesurais combien la quête de Yegbegbe était moins celle d'un oiseau que celle de l'homme lui-même — cet être capable de s'égarer dans sa propre lumière. Et je compris que le véritable envol ne consiste pas à s'élever, mais à se connaître.

Made in the USA
Middletown, DE
14 January 2026

26711817R00116